KB124024

이것이 법이다

이것이 법이다 96

2020년 9월 7일 초판 1쇄 인쇄
2020년 9월 10일 초판 1쇄 발행

지은이 자카예프
발행인 이종주

총괄 김정수
경영 지원 배진경 임혜솔 송지유

기획 이기헌 왕소현 박경무 강민구
책임 편집 최전경

발행처 (주)로크미디어
출판등록 2003년 3월 24일
주소 서울시 마포구 성암로 330 DMC첨단산업센터 3층 318호, 319호
Tel (02)3273-5135 **편집** 070-7863-8592 **Fax** (02)3273-5134
홈페이지 rokmedia.com **E-mail** rokmedia@empas.com

© 자카예프, 2015

값 8,000원

ISBN 979-11-354-5680-0 (96권)
ISBN 979-11-255-9575-5 04810 (세트)

이것이 법이다

96

자카예프 장편소설

ROK
MEDIA

로크미디어

CONTENTS

과도한 기회는 사치다

"노 변호사님, 그 말이 사실이에요?"

"뭐가 말입니까?"

노형진은 고연미 변호사의 질문에 고개를 갸웃했다.

난데없이 사실이냐고 물으면 뭐라고 대답한단 말인가?

"아니, 그 세 남매 상속권을 박탈한다면서요?"

"네, 그럴 생각입니다. 보아하니까 그 세 사람이 정신 차릴 가능성은 거의 없어 보이더군요."

"하지만 저희 오숙자 선생님은……."

노형진은 고연미가 항변하려고 하자 보고 있던 서류를 덮었다. 아무래도 설명이 길어질 것 같았으니까.

"변호사의 최대 목적은 뭡니까?"

"네?"

갑작스러운 말에 고연미는 당황해서 되물었다.

"변호사의 존재 의의 말입니다. 뭐라고 생각하십니까?"

"그…… 글쎄요?"

노형진의 갑작스러운 질문에 고연미는 뭐라고 말하지 못했다.

물론 변호사의 최대 목적은 승리다.

하지만 새론에서 일하면서 많이 배운 것 중의 하나가 바로 승리가 절대적으로 유리한 것만은 아니라는 것이다.

"저는 변호사의 최대 목적은 의뢰인의 이익이라고 생각합니다."

"그거야 그렇지요. 하지만 이 경우에는……."

"네, 이 경우에는 오숙자 선생님이 자식을 걱정하고 있지요."

노형진은 끄덕거렸다.

"하지만 자식에 대한 불신을 거둔 상황도 아닙니다."

노형진은 차분하게 고연미에게 현재 상황을 설명했다.

"오숙자 선생님의 말씀은 이랬지요. 아이들에게 호구지책이라도 마련해 주고 싶다고."

"그래요. 확실히 그렇게 분명히 말씀해 주셨어요."

"호구지책이라는 게 뭡니까?"

호구지책. 그러니까 입에 풀칠이라도 하고 살 수 있게 해 줄 방책이다.

힘겹게라도 밥은 먹고 살 수 있게, 즉 죽지만 않게 해 달라는 말이나 마찬가지다.

"개인당 수십억의 상속이 호구지책입니까? 오숙자 선생님께서는 분명 말씀하셨지요, 그 돈 주면 3년을 넘게 지키는 애들이 없을 거라고."

"그건…… 그러네요. 하아."

서서 이야기하던 고연미는 결국 노형진의 앞으로 의자를 당겨 와 자리를 잡았다.

"하지만 상속권을 박탈하는 건 호구지책을 마련해 주는 게 아니잖아요? 결국 굶어 죽을 테니까요."

"상속권을 박탈한다고 해서 그 돈을 못 주는 건 아니죠."

"네?"

"상속권을 박탈하면 상속이 안 되는 건 압니다. 정확하게는 증여가 되겠지요."

상속이란 권리다.

지금 저쪽에서 언급한 것처럼, 필요하다면 유류분을 청구해서 강제로 받아 갈 수 있는 권리이며 또한 핏줄을 타고났을 때 받을 수 있는 강력한 특권이다.

"하지만 증여는 아니죠. 증여는 주는 사람 마음입니다."

상대방이 주지 않는다고 해도 이쪽에서 요구하지는 못한다.

"그들이 상속권을 박탈당한다고 해서 그들에게 돈을 주지도 못하지는 않습니다."

사실 그럴 수밖에 없다.

상속권이 절대적이라고 하면 부모의 재산을 노린 살인이 숱하게 일어날 테니까.

"호구지책을 만들어 주기 위한 첫 번째 조건이 바로 권리의 박탈입니다."

그들에게서 돈을 받을 권리를 없애기 전까지는 호구지책 마련이라는 의뢰인의 목적을 달성할 수 없게 된다.

"그런가요?"

고연미는 긴 한숨으로 자신의 감정을 대변했다.

그녀는 최소한 먹고살게만 해 달라는 부탁을 최소한의 재산은 남겨 달라는 걸로 해석했는데, 노형진은 진짜로 딱 '먹고살게만' 해 줄 생각인 모양이었다.

"꼭 그렇게 해야 할까요? 해석의 차이일 수도 있지 않을까요?"

"영 꺼림칙하시면 오숙자 선생님에게 직접 여쭤보세요. 하지만 한 가지는 확실합니다. 오숙자 선생님이라면 제 쪽을 선택하실걸요."

노형진은 어깨를 으쓱했다.

"그들은 이미 인성이 파탄이 났습니다. 그런 그들이 과연 이제 와서 정신을 차리고 열심히 살려고 할까요?"

"그럴 리 없겠네요."

이 상태에서 오숙자가 죽고 몇 년이 지나 재산을 다 까먹으면 그들은 살아갈 방법이 없다.

평생 일이라고는 제대로 해 본 적이 없는 그들이 굶어 죽는다고 해도 누가 구원해 주겠는가?

"하지만 최소한의 호구지책은 다르죠."

그들에게는 다른 사람들과 다르게 확실하게 믿을 만한 곳이 있는 것이다.

풍족하게 살 수는 없겠지만, 최소한 굶어 죽지는 않을 만큼 지원될 것이다.

"호구지책이라……"

고연미는 계속 오숙자의 말을 곱씹었다.

그녀는 계속 그랬다, 딱 먹고살 수 있을 정도만 도와 달라고.

최소한 먹고살 수 있을 정도로만 정신 차리게 해 달라고.

"기적이 일어나지 않는 이상 저라고 해도 후자는 불가능하죠."

하지만 전자는 어느 정도 가능하다.

그리고 세상에서 돈을 벌고 고생을 하다 보면 결국 철이 든다고들 한다.

"노 변호사님 말씀이 맞네요. 어떻게 보면 선생님의 목적을 제대로 이해하지 못한 건 저일 수도 있겠어요."

고연미는 고개를 끄덕거리며 말했다.

노형진의 말대로 그들이 정신 차리지 않으면 수십억이 아니라 수천억을 물려준다고 해도 할 수 있는 것은 없다.

"하지만 그들의 상속권을 어떻게 박탈하시려고요?"

한국에서 상속권을 박탈하는 것은 쉽게 벌어지는 일이 아니다.

사실 자기 자식이 아무리 후레자식이라고 해도, 진짜 인생을 개판으로 살아도, 상속권을 박탈하는 경우는 드물다.

"아마 살인을 해도 상속권은 박탈되지 않을 텐데요?"

매일같이 술을 마셔도, 그래서 사고를 쳐도, 그래서 수천만 원씩 합의금을 내도, 결국 상속권은 박탈되지 않는다.

심지어 살인 같은 강력 범죄를 저질러도 마찬가지다.

물론 재산을 노리고 직계존속, 즉 부모를 죽이면 박탈되기는 하지만 그게 아닌 타인에 대한 살인이라면 그들의 상속권은 유지된다.

화가 난 부모가 할 수 있는 일은 결국 재산의 절반을 사회에 환원하는 것 정도다. 나머지는 유류분이니까.

몇몇 화가 난 사람들이 전액을 기부하기는 하지만 대부분의 자선봉사 단체에서는 그런 경우를 부담스러워한다.

당장 돈이 들어오는 거야 좋지만 거의 100% 추후에 소송에 휘말리기 때문이다.

"하지만 친족에게 위해를 가하거나 유언장을 조작하거나 또는 겁박이나 기타 방법으로 유언장을 바꾸게 강제하면 박탈되지요."

"그건 상속을 받기 위해 범죄를 저지르는 것을 막기 위한 규정이잖아요?"

"맞습니다."

이것이법이다

"하지만 오 선생님은 그런 범죄를 당하면 그냥 참으실 분이 아닌데요."

그럴 거다. 그러니까 고양이에게 재산을 남긴다는 대담한 계획도 세울 수 있었던 것일 테고 말이다.

"협박을 한다고 해서 오 선생님이 유언장을 바꿀 것 같지는 않고, 이미 유언장은 만들어 놨는데 당장 부모님을 죽일 수는 없는 노릇일 테고."

지금 오숙자가 죽어 버리면 결국 만들어진 유언장대로 집행될 것이다.

물론 개인당 18억은 적은 돈이 아니지만 220억이라는 재산을 보고 자란 그들에게는 터무니없이 적은 돈으로 보일 수밖에 없다.

결국 그들은 어떻게 해서든 유언장을 고치려 할 것이다.

그러나 그건 결코 쉬운 일이 아니다.

오숙자는 정정하고 정신도 멀쩡하다.

거기에다 정신이 흐릿한 상태에서 유언장을 잘못 수정하는 상황을 막기 위해, 유언장을 수정할 때는 수정 전에 정신 감정을 통해 정상인지 판단하도록 해 놨다.

그것도 변호사 동석하에 검사하는 것으로.

당연히 정신이 흐릿해졌을 때 말장난과 속임수로 수정하는 것은 불가능하다.

"하지만 다른 방법이 있지요. 그 사람이 스스로 수정하게 하는."

"어떻게요? 그런 방법이 있을 리 없잖아요?"

노형진의 얼굴이 어두워졌다.

그가 지금 세 남매를 코너로 몰아가고 있기는 하지만 사실 그들이 거기까지 타락하지 않았으면 하는 생각을 했었다.

하지만 그가 붙인 사람은 그의 예상대로 움직인다는 보고를 했기에, 결국 선택을 해야 했다.

"마약입니다."

"네? 마약요?"

"박종현 그 인간, 마약을 하는 놈입니다. 아마 지금도 하고 있을 거라고 하더군요."

순간 고연미의 온몸에 소름이 돋았다.

농담이 아니라 실제로 많은 범죄자들이 자기 마음대로 사람을 지배하기 위해 쓰는 방법이 마약이다.

과거에는 술집에서 여자들에게 강제로 마약을 투약하기도 했다.

그러면 마약에 중독된 여자들은 그곳을 떠나지 못하기 때문이다.

"자…… 잠깐만요! 마약요? 지금 선생님을 마약에 중독시키려 한다는 말씀인가요?"

"가장 확실한 방법입니다. 안 그런가요?"

오숙자는 나이가 많다. 이제 와서 그녀에게 마약 검사를 하겠다고 할 사람은 없다.

더군다나 잘못해서 죽는다고 해도, 세 남매가 노환이라고 해 버리면 딱히 이상하게 생각할 리도 없다.

거기에다 마약에 중독되었다고 해서 재산에 변동이 있거나 하진 않는다.

물론 그게 드러난다면 오숙자의 커리어가 끝장나겠지만, 애초에 그런 걸 신경 쓸 이들이었다면 이 정도로 서로의 사이가 틀어지지는 않았을 것이다.

"하지만 일단 마약에 중독되면 그걸 갈구하게 되지요."

마약에 중독되면 마약을 찾게 된다.

마약의 무서운 점이 바로 그거다.

신고를 해야 보호를 받는데, 마약에 빠진 사람은 마약을 계속할 생각을 하지 신고할 생각은 못 한다.

"거기에다 마약을 하는 사람은 일찍 죽습니다."

마약은 정신만 갉아먹는 게 아니다. 몸 역시도 갉아먹는다.

더군다나 오숙자의 나이는 이미 적지 않다.

마약을 끊을 때 필요한 것은 정신력만이 아니다.

온몸이 마약을 갈구하기에, 그걸 이기기 위해서는 어마어마한 체력이 필요하다.

마약을 치료하는 병원에서 마약 환자들을 묶어 두는 데에는 다 이유가 있는 것이다.

그 금단증상에 젊은 사람도 픽픽 나가떨어지는데 하물며

노인인 오숙자가 버틸 수 있을까?

"마약을 해도 오래 못 살고, 거기서 벗어나려고 해도 마찬가지로 오래는 못 사실 겁니다. 재산을 노리는 그놈들에게는 최고의 기회죠."

"확실한 거예요? 아니, 그 사람이 직접 마약을 하기 위해 샀을 수도 있잖아요?"

"그러면 좋겠습니다만, 애석하게도 현재 박종현은 돈이 없습니다."

그는 평생 일을 해 본 적도 없고 어디서 돈을 벌어 본 적도 없다.

오로지 어머니가 주는 돈으로만 살아왔다.

"오숙자 선생님이 돈을 주실 리가 없는데 어떻게 마약 할 돈을 벌었나 확인을 좀 해 봤습니다. 수사 기록을 보니 보통 카드깡으로 돈을 마련했더군요."

카드깡이랑 카드를 긁고 그중 일부를 현금으로 돌려받는 방식을 말한다.

물론 자기 카드로 그러는 사람은 없다.

대부분은 남의 카드를 쓰는데, 이런 경우는 절도와 횡령으로 들어간다.

하지만 오숙자는 차마 아들이어서 카드도 빼앗지 못한 것이 큰 실수였다.

"그런데요?"

"그런데 박현숙과 박현지에게서 돈이 들어왔습니다. 1인당 500만 원이나 들어갔더군요."

"1인당요?"

"네, 그러면 1천만 원입니다."

그들이 미치지 않고서야 박종현에게 돈을 줄 리 없다.

현금을 주면 그걸로 마약을 살 게 뻔하니까.

실제로 그래서 오숙자도 박종현에게 현금을 거의 주지 않았다.

준다고 해도 한 번에 10만 원 이상은 주지 않았다.

어차피 그 이상은 카드로 충분히 먹고살 수 있으니까.

"아마도 제 예상으로는, 박종현이 마약을 준비하고 그들이 오숙자 선생님에게 마약을 먹이려고 하지 않을까 합니다."

"그런……."

고연미는 충격을 받았는지 그대로 얼어붙었다.

아무리 돈이 좋기로서니 설마 그렇게까지 할까 싶었던 것이다.

하지만 이내 고개를 흔들었다.

"아니, 그럴 수도 있겠네요. 돈 때문에 부모를 죽이기도 하는 판국에 마약 정도야…… 하아. 그러면 이미 세 사람을 감시하고 계셨던 거군요."

"네, 저들의 성격상 그냥 포기할 놈들은 아니니까요."

물론 지금까지의 일만으로도 그들에게 충분한 압박이 되

고, 그래서 반성하고 제대로 살겠다고 한다면 그것도 나쁜 것은 아니다.

"하지만 뭔가를 할 거라고는 생각을 했지요."

그럴 사람들이었다면 이렇게까지 문제가 커지지 않았을 테니까.

그리고 그들은 노형진의 예상대로 뭔가를 하기 시작했다.

"저는 그게 마약일 거라고 예상하고 있는 거고요."

"……."

고연미는 심각한 표정으로 테이블을 두들기면서 생각에 빠졌다.

자신이 존경하는 대선배가 마약에 중독되도록 내버려 둘수는 없었다.

"그러면 어쩌죠? 그냥 두실 생각은 없으실 테고요."

"당연히 가만둘 수는 없죠. 오 선생님을 위해서라도요."

만일 여기서 그냥 두면 문제가 심각해진다.

물론 신고는 할 수 있다.

"하지만 진짜로 중독되면 그것도 확실하진 않지요."

만일 중독되면 오숙자가 신고를 거부할 수도 있다.

그리고 변호사의 비밀 유지의 의무상 오숙자가 마약에 중독되었다고 해도 이를 신고할 수는 없으니, 결국 세 남매는 전 재산을 모조리 빼앗아 갈 것이다.

"하지만 또 의심만으로는 신고할 수도 없는 상황이고요."

약을 쓸 거라 예상하고 있지만 이걸 주사를 할지, 아니면 들이마시게 할지, 아니면 음식에 탈지는 알 수가 없다.

어쩌면 오숙자가 마시는 물에 탈 수도 있다.

기본적으로 마약은 무색에 무미, 무취니까.

"그리고 미리 신고를 해 봐야 그걸 잡을 수는 없고요."

경찰이 명확한 증거도 없이 집을 수색할 수는 없는 노릇이고, 경찰에 여러 번 걸린 박종현이 마약을 그렇게 쉽게 발견되도록 둘 리도 없다.

"대부분의 마약 사건은 터지고 나서야 잡히죠. 그게 문제입니다."

마약은 온몸에 퍼지고 축적된다.

게다가 자연스럽게 모발에 쌓이기 때문에, 몇 달이 지나도 마약을 했다는 사실을 감추는 건 어렵다.

그래서 마약 사범 중에는 아예 온몸의 모발을 박박 미는 놈들도 있다.

혈액검사는 최근의 마약만 잡아내지만 모발검사는 오래된 마약도 잡아내기 때문이다.

"하지만 그 작은 사이즈 때문에 마약 소지로 잡아내는 건 힘들죠. 설사 잡는다고 해도 마약 소지는 상속권 박탈과는 상관이 없어요. 전혀 다른 별개의 범죄이니까요."

노형진은 걱정스럽게 말했다.

"더군다나 대마초 같은 경우는 연기로 피울 수도 있단 말이지요."

즉, 오숙자가 잠든 사이에 방에 피워 두면 저항할 방법도 없다는 거다.

"그렇다고 매번 먹고 마시는 걸 감시할 수는 없는 노릇이고요."

"매번 그럴 필요는 없지요."

노형진은 깊은 심호흡을 했다.

"어차피 사이가 틀어졌으니까요."

"네? 그게 무슨 말이지요?"

"우리가 아예 기회를 주지 않으면 됩니다. 그러면 그들은 어떻게 해서든 기회를 만들려고 하겠지요."

"함정을 파게 만들자는 말씀이신가요?"

"네."

노형진은 눈을 반짝이며 말했다.

마약을 먹게 한다는 것은 결국 그 마약을 쓸 정도로 가까이에 존재해야 한다는 소리이기도 하다.

당연하게도 주변에 없는 상태에서는 마약을 쓸 수가 없다.

"그러니 오 선생님에게 말해서 기회를 주지 말라고 하면 됩니다."

"그리고 그들이 함정을 팔 때를 기다리자는 말씀이시군요."

"네."

노형진의 말에 고연미는 바로 자리에서 일어났다.

"선생님을 모시고 올게요. 그 미친놈이 뭔 짓을 하기 전에요."

"가능하면 빨리 움직이는 게 좋을 것 같습니다."

고연미는 고개를 끄덕이고는 전화를 꺼내며 바깥으로 나갔다.

"선생님? 저예요. 혹시 오늘 와 주실 수 있나요?"

⚖️

오숙자는 노형진의 말에 상당히 큰 충격을 받은 모양이었지만 차마 자식을 버리지는 못했다.

안 그런 척하기는 하지만 그녀도 상당히 마음이 약한 것이다.

'어쩌면 죄책감 때문일 수도 있지.'

그녀가 연예인이 아닌 엄마로 남았다면 아이들이 그렇게 변하지는 않았을지도 모른다는 죄책감.

그게 그녀가 세 남매를 버리지 못하는 이유였다.

"그러면 이제 어쩌죠? 아예 만나지 말아야 하나요?"

"일단 종현을 쫓아내세요. 현숙과 현지는 이미 나가 살고 있으니, 비밀번호를 바꾸시고 열쇠는 업자를 불러서 바꾸시면 됩니다."

"하지만 그러면 종현은요?"

"이미 현숙과 현지가 같은 배에 올라탔으니 당분간은 보살펴 줄 겁니다."

노형진은 차분하게 오숙자에게 설명을 했다.

이럴 때는 이쪽에서 흥분하면 오숙자가 더욱 걱정하기 때문에 차라리 별일 아닌 것처럼 차분하게 말해야 한다.

"식사는 절대 집에서 하지 마세요. 하신다고 해도 직접 만드시고요. 아니면 아예 배달을 시켜 드시는 걸 추천드립니다. 물 같은 것도, 편의점에서 작은 걸로 무조건 사서 드시고요."

"물까지요?"

"컵이나 정수기에 마약을 타 놨을 수도 있습니다."

물론 이미 검사하는 중이지만, 모를 일이다.

"완벽하게 검사가 끝날 때까지는 집 안에서 무엇도 쓰지 마세요. 아니, 아예 당분간 호텔에서 지내시는 게 좋겠네요."

"그렇게 하도록 하지요."

노형진이 차분하게 말해서 그런지 오숙자 역시 생각보다 담담하게 결정했다.

"하지만 언제까지요?"

"저들이 함정을 팔 때까지요. 아마 오래 걸리지 않을 겁니다."

"무슨 함정요? 함정을 팔 거라는 걸 어떻게 알지요?"

"뻔하죠. 가족끼리의 화해 같은 소리를 듣고 나올 겁니다."

그거라면 아무리 오숙자라고 해도 거절하기 힘들다.

그들이 오숙자의 성격을 모르는 바가 아닐 테니까.

"그리고 아마 집으로 초대할 겁니다."

"집으로요?"

"네. 약을 타려면 그 수밖에 없으니까요."

그들이 무슨 대단한 권력자도 아니고, 설혹 음식점에서 약을 타 달라고 한들 요리사가 미쳤다고 그 말을 따르겠는가?

"결국 자기들이 준비하겠지요. 핑계도 적절하니까."

자식과 부모의 화해. 그것만큼 확실하게 좋은 핑계도 드물다.

"혹시 좋아하시는 음식이 뭡니까?"

"잡채인데요."

"잡채라……."

노형진은 빙긋 웃었다.

"딱 좋네요."

"딱 좋다고요?"

"자녀분들이 선생님이 잡채 좋아하시는 거 알죠?"

"네, 압니다만?"

"그러면 그 애들이 잡채를 해 줄 날만 기다리시면 됩니다."

⚖

갑자기 내쫓긴 종현은 당황해서 전화도 하고 문을 두들겨 보기도 했지만 오숙자는 아예 집에 들어가지도 않았기 때문에 그 또한 들어갈 방법이 없었다.

물론 종현은 나름대로 방법을 강구하기도 했다.

열쇠 업체를 불러서 문을 열어 달라고 한 것이다.

하지만 그런 행동은 결국 실패할 수밖에 없었다.

"지금 뭐 하는 겁니까?"

뒤에서 들리는 소리에 고개를 돌려 보니 보안 업체가 긴급 출동해 있었다.

"아니, 집으로 들어가야 하는데 문이 잠겨서요."

"누구신데요?"

"박종현이라고, 여기 삽니다."

막 작업을 하고 있던 열쇠 업체 사람은 약간 당혹스러운 표정으로 문에서 물러났다.

"당신은 누굽니까?"

"아, 그러니까 저는 문을 따 드리러 왔는데요."

"누구 마음대로요?"

"이분이 부르셨어요. 주민등록상의 주소도 이미 확인했는데요."

"전 주소겠지요."

"전 주소?"

열쇠 업체 사람은 당황한 듯 눈을 찌푸렸다.

가끔 이런 도둑들이 있다.

자기가 도둑질을 하자니 문을 딸 자신이 없어서 사람을 부르는 놈들 말이다.

그리고 싹 털어 가 버리고, 죄는 열쇠 업체에서 뒤집어쓰는 것이다.

'이런 씨발.'

딱 봐도 집이 으리으리한 게 돈이 있어 보인다.

이런 집이라면 털 것도 많을 것이다.

더군다나 전 거주자라고 한다. 그렇다면 망해서 나간 것일 수도 있다.

거기까지 생각이 미치자 열쇠 업체 사람은 잽싸게 장비를 챙겨서 뒤로 물러났다.

생각지도 못한 상황에 박종현은 어이가 없어서 입이 쩍 벌어졌다.

"박종현 씨는 여기 거주자가 아닙니다."

"누가 그래! 어? 누가 그러냐고!"

박종현은 당황해서 보안 업체 사람에게 따지듯 외쳤다.

그러자 보안 업체 사람이 말했다.

"여기 집주인이신 오숙자 선생님이 그러시더군요. 출가시켰으니 관련 보안 내역에서 다 삭제시켜 달라고요."

"미친……. 그래서……."

어쩐지 번호고 지문이고 열쇠고 다 안 먹힌다 싶더니, 깡그리 바꾼 모양이었다.

"아…… 저는 몰랐습니다. 진짜예요."

아차 싶었던 열쇠 업체 사람은 재빨리 뒤로 물러나면서 두 손을 흔들었지만 이미 일은 벌어진 뒤였다.

"일단 같이 서로 가시죠."

"서를 내가 왜 가! 내가 내 집에 들어가겠다는데 뭔 상관이야!"

"이제는 아니죠. 일단 주거침입입니다. 같이 서로 가 주셔야겠습니다."

"난 억울하다고!"

하지만 이미 경찰차가 오는 소리가 저만치에서부터 들리고 있었고, 종현의 얼굴은 사정없이 우그러들 수밖에 없었다.

"쫓겨났다고?"

"그래. 씨발, 땡전 한 푼 없이 쫓겨났다. 카드도 이미 정지시켰어."

"그래서 나한테 온 거야?"

"그러면 매제가 있는 현숙이네 집에 갈까? 안 그래도 이서방이 맨날 돈 가지고 오라고 현숙이한테 지랄 지랄 하는데 내가 가면 참 좋아하겠다."

"쯧쯧, 그러니까 나와서 살라고 했잖아."

"씨발, 누군 안 그러고 싶었냐고! 하지만 돈이 있어야지!"

"그러게 누가 그렇게 돈이 생기는 족족 약에다가 처박으래?"

내보내면 종현이 마약에 빠져서 허우적거릴 게 뻔하기에 오숙자는 그를 내보내지 않았다.

하지만 정작 쫓겨나니 진짜로 갈 곳이 없었다.

"우리 작전을 서둘러야겠어."

"진짜로 하려고?"

"하라고 돈 준 거 아니야? 그리고 막말로, 나도 쫓겨났는데 넌 아닐 것 같냐? 너 지금 카드도 끊겼다면서?"

"끄응…… 그렇기는 한데……."

종현의 말에 현지는 우울한 표정이 되었다.

진짜로 카드가 정지되었다.

경제적으로 오숙자에게 기대고 있는 건 종현이나 현지나 마찬가지였기 때문에, 따로 나와 있다 뿐이지 현지도 좋은 상황은 아니었다.

"거기에다 이 집도 엄마 집 아냐? 명의 엄마 이름으로 되어 있잖아. 만일 엄마가 집 판다고 하면 어쩔 건데?"

"아, 쓰읍."

현지는 눈을 찌푸렸다.

"어차피 이판사판이야. 이러다가 정말 고양이 새끼한테 전 재산 다 빼앗기게 생겼다고."

"그렇기는 한데…… 사실은 현숙 언니도 얼마 전에 왔다 갔거든. 그런데 눈에 멍 들었더라."

"뭐?"

"돈 안 가지고 온다고 형부가 주먹질을 한 모양이야."

"이런 씨발. 그 돈, 죽을 때 가지고 가는 것도 아니고."

종현은 마음을 독하게 먹었다.

"너 음식 좀 준비해라."

"불러오게?"

"아니면? 우리가 거기에 들어갈 수가 없는데 어쩌란 말이야?"

"그건 그런데……."

"우리가 죄송하다고 하면서 식사 준비했다고 하면 아마 별 말하지 못하고 오실 거야."

엄마는 언제나 그랬다.

독한 척하지만 결국 독해지지 못했다.

"그건 준비된 거야?"

"충분히."

현지는 고개를 끄덕거렸다.

"그러면 날 잡자."

"날 잡았네."

노형진의 예상에서 한 치도 벗어나지 않은 상황이었다.

그들은 화해를 하고 싶다고 오숙자에게 연락을 했는데, 그 장소가 다름 아닌 현지의 아파트였던 것이다.

"현지 씨가 요리 잘하나요?"

오숙자는 우울하게 고개를 흔들었다.

"요리랑 담을 쌓고 사는 아이예요."

"그런데 집에서 음식을 준비한다라……. 속이 너무 뻔하게 보이네요."

노형진은 그렇게 말하면서 오숙자를 바라보았다.

"일단 오숙자 선생님이 해 주실 일은 그 세 사람을 그 숙소에서 나오게 하는 겁니다."

"그게 가능할까요?"

"저희가 나오게 할 겁니다. 그리고 나오실 때 문을 열어 두세요."

"문을요?"

"네. 그러면 저희가 가서 뒷수습을 하겠습니다. 아, 그리고 혹시 모르니까 거기서 절대로 음식을 드시면 안 됩니다. 경찰이 올 때까지요."

"네, 알겠어요."

오숙자는 가슴 아픈 얼굴로 말했다.

어찌 되었건 자녀들이 자신을 속이려고 하고 자신도 자녀들을 속여야 하니까.

"장기적으로는 지금 상황이 나을 겁니다. 그러니 걱정하지 마세요."

노형진은 조용히 말했다.

"때로는 매가 약이 될 때도 있는 법입니다."

오숙자는 현지의 집에 갔다.

"너희가 이렇게 정신을 차리고 화해를 하자고 하니 나는 기분이 좋구나."

"네, 엄마."

"저희가 잘못한 것 같더라고요."

"잘못한 것 같은 게 아니라 잘못했지. 내가 너희를 어떻게 키웠는데."

그렇게 긴 잔소리가 시작되었다.

세 사람은 들어도 들어도 끝나지 않는 오숙자의 잔소리에 짜증이 났다.

'아, 그만 좀 하고 먹으라고.'

'도대체 언제까지 설교를 할 생각이야?'

'엄마, 한입만 드시면 뿅 가실 겁니다. 한입만 드세요.'

서로 다른 생각을 하면서 길게 이야기가 이어지고 그렇게 쓸데없는 이야기가 30분을 넘어갈 때쯤, 갑자기 사이렌이 울려 퍼졌다.

"뭐지?"

"이거 뭐야?"

"화재 경보 같은데?"

"화재 경보?"

다들 움찔했다.

현대의 아파트는 살기는 참 좋다.

하지만 많은 수의 사람이 한데 모여서 산다는 특성상 화재가 나면 피해가 커질 수밖에 없다.

더군다나 이곳은 고층 아파트다. 당연히 불이 나면 탈출할 곳도 없다.

고층용 사다리가 있기는 하지만 집집마다 다 하나씩 있는 게 아닌지라, 불이 빨리 퍼지면 다른 곳이 탈출하는 사이에 죽을 수도 있는 게 현실이다.

"여기서 나가는 게 좋을 것 같구나."

"네?"

"연기도 없잖아요. 그냥 무시하죠?"

"혹시나 모를 일이야. 나가 봤다가 별일 아니면 다시 들어오면 되고."

오숙자는 이게 노형진의 신호라는 걸 알아차리고 아이들을 몰아세웠다.

"나가자꾸나."

"아, 쓰읍!"

"미안하다고 한 지 30분도 안 지났는데 내 말을 또 안 듣는 거니?"

"네? 아니…… 아니에요, 엄마."

결국 세 사람은 오숙자에게 밀려서 집 바깥으로 나왔다.

오숙자는 뒤에서 함께 나오는 척하면서 문을 살짝 걸쳐 놨다.

겉으로 보기에는 닫힌 듯 보였지만 진짜 닫히지는 않게 말이다.

그렇게 그들이 사라진 후, 옆집 문이 열리더니 노형진이 고개를 빼꼼 내밀었다.

"빙고."

옆집에 돈을 주고 하루를 빌리는 건 어렵지 않았다.

그렇게 그들이 나간 집으로 들어간 노형진은 스윽 음식을 내려다보았다.

그리고 피식 웃었다.

"너무 뻔하게 보이잖아, 이거?"

한국의 식사 문화는 보통 같이 밥을 먹는 것이다.

물론 조선 시대까지만 해도 독상을 받는 게 일반적이었지만, 현재는 한 상에 여러 가지를 두고 다 같이 먹는 게 보통이다.

"그런데 왜 잡채는 따로 뒀을까요?"

잡채는 그렇게 같이 먹는 대표적인 음식이다.

그런데 어째서인지 먹기 좋게 각자의 접시에 조금씩 놓여 있었다.

"평소의 오숙자라면 별말 안 했겠지."

잡채는 그녀가 평소에 좋아하던 음식이니까.

"하지만 그렇게 둘 수는 없지."

노형진은 빈 그릇을 가지고 와서는 따로 뒤섞였던 잡채를 한꺼번에 모아서 마구 뒤섞었다.

그리고 그걸 다시 깔끔하게 올려놨다.

잡채라는 게 섞는다고 해서 티가 나는 음식은 아니기에 아까와 별반 달라진 게 없어 보였고, 노형진은 금방 그곳을 벗어났다.

잠시 후 오숙자와 가족들은 다시 안으로 들어와 다들 자리에 앉았다.

"거봐요. 누군가 장난친 거라고 했잖아요."

"도대체 누구야?"

"일단 CCTV로 찾아본다고 했으니까 잡히겠지, 뭐."

네 사람은 그런 이야기를 하면서 자리를 잡았다.

"어머, 그나저나 잡채 다 불었겠네."

"엄마, 어서 드세요. 엄마가 좋아하는 거라 제가 조금 만들어 봤어요."

현지는 어떻게 해서든 오숙자에게 잡채를 먹이려고 했다.

오숙자는 그걸 보고 살짝 눈치를 살폈다.

분명 노형진은 음식을 먹지 말라고 했다.

하지만 상황을 봐서는 음식을 먹지 않을 방법이 없었다.

"그래, 먹자꾸나."

오숙자가 어쩔 수 없이 음식을 먹으려고 하려는 찰나, 갑자기 문을 두들기는 소리가 들렸다.

"오숙자 선생님, 저 노형진입니다."

"노 변호사?"

오숙자는 잽싸게 일어나서 문을 열었다.

"무슨 일입니까, 노 변호사?"

"사실은 여기서 마약 파티가 벌어진다는 소리가 있어서 왔습니다."

"마약 파티? 그게 무슨 소리죠?"

어리둥절한 표정이 되는 오숙자. 물론 연기다.

하지만 당황하는 세 사람.

그러나 진짜 당황할 일은 지금부터 시작이었다.

"저도 모르겠습니다. 누군가 그런 제보를 했습니다."

"무슨 말도 안 되는 소리를!"

"하! 우리가 무슨 마약을 한다고 그래요?"

"아니, 요즘 변호사는 미친놈들이랑 만나고 다니나?"

"그건 모르죠."

노형진은 어깨를 으쓱했다.

"중요한 건 여러분이 아니라 우리 오 선생님의 안전이니까요."

"마약? 무슨 마약! 그런 거 전혀 모르는데?"

"시약 테스트를 해 보면 알지요."

"시약 테스트?"

당황해서 눈을 데굴데굴 굴리는 종현.

노형진은 품에서 기다란 모양의 물건 네 개를 꺼냈다.

"이건?"

"신형 마약 시약 테스트기입니다. 여기에 마약 성분이 있는 물체를 올려 두면 적색으로 변하지요."

"웃기네. 내가 그런 건 들어 본 적이 없는데."

"종현 씨는 마약을 혈액검사로 잡혔지 시약 테스트로 잡힌 적이 없을 텐데요? 이건 현장에서의 마약 여부 확인용입니다. 영화처럼 먹어 볼 수는 없지 않습니까? 아니면 마약을 팔아 보셨나 봅니다?"

종현은 입을 다물었다.

노형진의 말이 맞다. 그는 사용자로 잡혀간 거지 판매자로 잡힌 적은 없다.

"결국 해 보면 아는 거죠."

노형진은 척척 다가가서 네 개의 음식을 바라보았다.

"이거부터 해 봐야겠네요."

노형진은 미리 섞어 둔 잡채를 물에 흔들어서 거기에 살짝 테스트기를 담갔다. 그러자 천천히 붉게 변하는 테스트기.

"아…… 아니?"

"이거 어떻게 된 거야?"

현숙과 현지는 당황했다.

마약이 걸려서? 그런 게 아니다.

노형진은 이들이 어디에 앉아 있었는지 모르는 상태에서 검사를 했다.

그런데 지금 마약 검사에서 마약이 들어 있는 걸로 나온 음식은 다름 아닌 현숙과 현지의 잡채였다.

"어어?"

종현은 당황했다.

"어떻게 된 거야?"

"어…… 어떻게 된 거냐니?"

"아니, 왜 우리 음식에서 마약이 나와? 이건 이야기가 다르잖아!"

"이…… 이야기라니! 무슨 이야기!"

종현은 뭔가 잘못되었다고 생각해서 필사적으로 변명을 하려고 했다.

하지만 이미 변명으로 넘어갈 수 있는 상황이 아니었다.

"설마 우리도 중독시키려고 한 거야?"

"무슨 소리야? 중독이라니!"

"개소리하지 마! 이거 뭐야? 이게 뭐냐고!"

따지고 드는 현숙과 현지. 그리고 어쩔 줄 몰라 하는 종현.

노형진은 뒤에서 그 모습을 보며 조용히 전화기를 들었다.

"아무래도 경찰의 도움이 필요할 것 같군요. 그렇지요?"

얼마 후 경찰이 도착했고, 결국 세 사람은 마약 관리법 위반으로 모조리 체포당했다.

현숙과 현지가 화가 나서 모조리 다 불어 버렸기 때문이다. 종현은 아니라고 딱 잡아떼려고 했지만 말이다.

하지만 다음 소식에 노형진은 긴 한숨을 내쉬었다.

"내가 뻘짓을 했을 줄이야."

"그러니까요. 진짜 무슨 아침 막장 드라마보다 더하네요."

노형진은 그들이 오숙자에게 마약을 먹이고 중독시켜서 유언장을 바꿀 거라고 생각했다.

하지만 현실은 좀 달랐다.

물론 중독 작전은 맞았다. 하지만 한 가지가 달랐다.

그들이 아니라 종현이 주범이었고, 그는 현숙과 현지를 속이고 셋 모두를 중독시키려고 했던 것이다.

노형진은 오숙자의 음식에만 마약이 있을 거라 생각해서 몰래 들어가서 그걸 섞음으로써 서로가 싸우게 하려고 했는데, 검사 결과 음식에 들어 있는 마약의 양이 너무 많았다.

"만약 오숙자 선생님의 음식에만 들어 있는 양이 그 정도였다면 거의 치사량이었다는 건데……."

그들이 미치지 않고서야 그럴 리 없다.

그녀가 죽으면 몽땅 의미가 없으니까.

그러면 답은 하나다.

원래 다 약이 들어 있었고, 그래서 서로 섞여도 별로 변화가 없었다는 것이다.

"그나저나 그 마약 시약은 뭔가요? 진짜로 있는 건가요?"

"어떤 거요? 그날 쓴 거요?"

"네. 전 처음 들었거든요."

노형진은 그 말에 피식 웃었다.

"저야 모르죠. 있을 수도 있고. 없을 수도 있고."

"네? 그게 무슨 말씀이에요?"

"그거 마약 시약 아닙니다."

"네?"

그 말에 깜짝 놀라는 고연미.

분명 마약 시약이라고 들어서 드디어 잡았다고 생각하고 경찰을 불렀다. 그런데 마약 시약이 아니라니?

"그러면? 그게 뭔데요?"

"그거 그냥 임신 검사용 테스트기입니다."

"임신요?"

"네. 그걸 사다가 속의 내용물을 빼내고 리트머스종이 하나를 박아 둔 겁니다."

"헐."

그러니 당연히 뭐든 닿기만 하면 색이 변할 수밖에 없다.

"그거 속임수 아니에요?"

"속임수죠. 하지만 어찌 되었건 마약은 나오지 않았습니까?"

"그건 맞는데……."

고연미는 안도의 한숨을 내쉬었다.

만일 그런 게 존재하지 않는다는 걸 알았다면 어떻게 되었을지, 꿈에도 생각하기 싫었다.

"그나저나 몽땅 끌려가서 다 처벌받은 건 좋은데……."

노형진은 고연미의 말을 듣고는 고구마 먹고 체한 듯한 표정이 되었다.

"결국 오숙자 선생님은 그놈들을 못 버리겠다고 하시죠?"

"아무래도 그럴 수밖에 없지요. 알게 모르게 죄책감이 크신 분이잖아요."

"끄응…… 이거 완전히 고구마 사건이네."

그들은 결국 상속권을 박탈당했다.

하지만 그랬다고 해서 모든 게 끝난 것은 아니었다.

"AF에서 잡부로라도 일하게 해 줬으니 뭐 진짜로 호구지책이기는 하지만요."

애니멀 패밀리에는 사람이 필요하다.

물론 주인이 아니라, 개들을 목욕시키고 산책시켜 주는 일을 할 사람이.

"그렇게 부모를 모시지 않고 살더니."

이제는 그들은 애니멀 패밀리에서 애완동물들을 상전으로 모시고 살게 생겼다.

당연히 고양이들도 모시고 살아야 하고 말이다.

"현숙하고 현지는 요즘 유미한테 알랑방귀 뀌느라고 정신이 없는 모양이더라고요."

"종현은요?"

"뭐, 이번에는 오숙자 선생님이 실드를 안 쳐 줬으니."

당연하게도 그는 실형이 나왔다.

이번이 벌써 세 번째 마약 사건이니까.

"거기서 일하면서 정신 좀 차릴까요? 솔직히 이번 사건은 좀 미봉합인 것 같아서……."

고연미는 툴툴거리며 말했다.

노형진은 그걸 보며 어깨를 으쓱했다.

"미봉합 맞습니다. 미래는 모르지만 그들이 갑자기 바뀌지는 않을 테니까요."

"아쉽네요."

"그나마 다행인 건, 미친놈이 더 이상 오 선생님 돈으로 뻘짓은 하지 않게 됐다는 거죠."

종현만 감옥으로 끝난 게 아니었다.

현숙은 이혼당했고, 오숙자는 그동안 현숙이 가지고 간 돈을 반환하라고 그 남편을 고소했다.

현지 역시 집에서 쫓겨나서 지금은 AF에 있는 작은 숙직실에서 먹고산다나?

"저 녀석들은 유언장이 왜 비공개인 건지 알까요?"

오숙자는 그 꼴을 당하면서도 결국 마지막 희망을 버리지 못했다.

자식들이 정신을 차리면 유류분만큼은 지급해 주라고 유

언장을 작성한 것이다.

물론 그건 비밀이다.

"모르겠지요."

노형진은 어깨를 으쓱하며 말했다.

"어쩌면 영원히 비밀이 될지도 모르겠네요."

사람이 쉽게 바뀌지 않는다는 걸 노형진은 누구보다 잘 아니까.

"그리고 그것도 나쁘지 않은 것 같고요. 너무 많은 기회는 사치니까요."

고연미는 쓴웃음을 지을 수밖에 없었다.

히포크라테스는 울고 있다

"씨발."

무태식은 친구와 술을 마시고 있었다.

친구인 유지식은 거의 오열하다시피 하면서 술을 미친 듯
이 들이마셨다.

"야! 그만 마셔. 그러다 탈 나겠다."

무태식은 그런 유지식을 보면서 혀를 끌끌 차며 소주잔을
빼앗았다.

하지만 소주잔을 빼앗기자 유지식은 아예 소주병을 입에
물고 병나발을 불었다.

"그만해, 이 새끼야! 너 나한테 송장 치우게 하려고 작정
했냐?"

결국 반쯤은 흘려 가면서 소주를 들이붓고 있는 유지식에게서 간신히 소주병을 빼앗은 무태식이 화를 냈다.

　그러자 완전히 고주망태가 된 유지식은 그런 무태식에게 하소연을 했다.

　"씨발, 억울해서 그래! 억울해서!"

　"알아. 아는데⋯⋯."

　"네가 알기는 뭘 알아, 씨발. 네가 가족이 눈앞에서 우는 걸 봤냐, 사람이 죽어 나자빠지는 걸 봤냐? 사람이 한 명 죽을 때마다 그만큼 가족도 죽어 나가는 거야. 알아? 네가 뭘 알아? 변호사가 뭘 아느냐고!"

　"하아, 그래. 네 말이 맞다. 변호사가 슬퍼 봐야 가족 잃은 유가족들만 하겠냐."

　"씨발, 내가 그걸 뻔하게 보면서 막지를 못했잖아. 그게 뭐야? 염병, 내가 이딴 꼴 보려고 의사 했냐? 어? 씨발, 내가, 어? 이딴 개소리나 들으려고 죽어라 공부해서 전공의를 하고 있냐고!"

　"네가 힘든 건 아는데 이제 좀 그만해, 이 자식아. 제수씨는 얼마나 속이 타겠냐?"

　"걔는 나 이해 못 해⋯⋯. 내가 이 엿 같은 새끼들 사이에서 아등바등 몸부림치는 거, 이해 못 해⋯⋯."

　유지식은 반쯤 풀린 눈으로 테이블 위를 둘러봤다.

　하지만 대부분의 소주병은 비어 있었고 유일하게 남은 소주병은 무태식이 꽉 쥐고 있었다.

"내가 그런다고 못 먹을 것 같아? 히끅."

유지식은 손을 번쩍 들었다.

"이모! 여기 소주 한 병, 아니 한 짝 주세요! 한 짝!"

"아니에요! 취소요! 이 새끼야, 그만 마셔!"

"씨발, 엿 같아서 그래! 그 애가 뭘 잘못이 있다고 이 염병할 새끼들이! 그 애는 그 새끼들이 죽인 거야! 그 새끼들이 죽인 거라고!"

버럭버럭 소리를 지르던 유지식은 주변을 둘러보다가 자리에서 일어났다.

그리고 옆 테이블로 가서는 거기에 있는 소주를 낚아챘다.

"어머, 어머!"

"뭐 하는 거예요!"

"당신 뭐야?"

옆 테이블에 있던 여자들은 기겁을 했고, 부지불식간에 벌어진 일에 무태식은 입을 쩍 벌렸다.

"나? 의사. 씨발, 엿 같은 의사. 힘도 좆도 없고 능력도 없고 배짱도 없는, 개쓰레기 같은 의사란 족속이올시다."

그리고 유지식은 소주병을 입에 문 채 그대로 뒤로 나자빠졌다.

"헉!"

"크허!"

완전히 인사불성이 된 친구를 보면서 무태식은 긴 한숨을 쉬었다.

"아, 씨발 새끼 진짜."

무태식은 고개를 흔들면서 옆 테이블에 다가가서 사과를 했다.

"죄송합니다. 이 녀석이 오늘 환자를 잃어서요."

"아…… 괜찮아요."

"힘내세요."

무태식도 의사라고 생각한 건지 다들 별말하지 않았다.

사실 뭐라 하기도 그랬다. 의사가 환자를 잃었다는 것은, 그 환자가 멀쩡하게 퇴원했다는 말은 아닐 테니까.

"사죄의 의미로 이 테이블 계산은 제가 하겠습니다."

"괜찮아요."

"아닙니다. 지금까지 드신 거 제가 계산하지요."

무태식은 사과를 하고는 쓰러져서 기절하다시피 한 친구를 바라보았다.

"일단 이 녀석 좀 어디다 치우고요."

저절로 쓴웃음이 나오는 무태식이었다.

⚖️

"끄응…… 돼지겠네."

아침에 깨어난 유지식은 깨질 듯한 머리를 부여잡다가 주변을 보고 깜짝 놀랐다.

"헉! 여기는 어디지?"

눈떠 보니 호텔이다.

유지식은 놀라서 주변을 둘러보다가 자신의 옷이 벗겨져 있다는 것을 깨달았다.

그는 다급하게 이불로 몸을 가렸다.

"이런 미친, 나 사고 친 거 아냐?"

그가 당황하는 그때 욕실 문이 열리면서 무태식이 나왔다.

"사고? 쳤지. 아주 거하게 쳤지, 이 씹새끼야."

"응? 너…… 왜 그래? 아니, 너 설마…….."

샤워를 하고 나오는 듯한 무태식을 보고 얼굴이 새파랗게 변하는 유지식.

"우…… 우리 혹시……. 아니, 내가 그런 성향이…….."

"지랄한다. 이 개새끼야, 너 때문에 내가 월차를 써야겠냐?"

"월차?"

"너 기억 안 나? 너 내 등짝에 거하게 토했다."

강제로 호텔에 던져 주려고 데려가던 중에 유지식은 무태식의 등짝에 거하게 토하고 말았고, 그 상황에서 뭘 탈 수도 없으니 어쩔 수 없이 호텔에 같이 있게 된 것이다.

"제수씨한테 옷 가지고 오라고 했다, 망할 새끼."

"넌?"

"나도 가지고 올 거야. 아, 씹. 어제 애기 얼굴도 못 봤네."

"그…… 그랬냐? 미안. 그런데 네가 왜 나랑 있는 거야?"

"얼씨구?"

무태식은 혀를 끌끌 찼다.

하긴 애초에 전화를 받고 나갔을 때부터 유지식은 이미 반쯤 정신이 나가 있었으니까.

"오냐, 술 깬 것 같으니 이야기 좀 하자. 도대체 어제 무슨 일이 있었던 거냐?"

"그게……. 내가 어제 뭐라고 했냐?"

"그 새끼들이 애 죽인 거라고 지랄 지랄 하더라. 도대체 무슨 일이야?"

"……."

유지식은 아무런 말도 못 했다.

감이 오는 게 있는 모양이었다.

"야, 너 입 다물 생각 하면 친구고 나발이고 나 경찰 가야해. 나 변호사야, 이 새끼야. 다른 건 몰라도 살인은 못 넘겨. 네가 엮여 있어도 그건 넘어갈 수가 없어."

"그게……."

"뭔가 있지? 그러니까 네가 이 지랄 한 거 아냐? 내가 너랑 한두 해 보냐?"

둘은 고등학교 동창이다. 그러니 서로에 대해 누구보다 잘 안다.

"하아, 씨발. 나 혹시 교수한테 전화해서 씹새끼 개새끼 그러지는 않았지?"

"그러지는 않았어."

"잠깐만."

유지식은 뭔가 꺼림칙한지 자신의 핸드폰을 확인해 본 후에야 안도의 한숨을 내쉬었다.

"죽다 살았네."

"도대체 뭘 죽다 살았다는 거야? 살인이라도 벌어지고 있는 거야? 그것 때문에 네가 위협받는 거고?"

"그건…… 틀린 말은 아닌데……."

유지식은 말을 하지 못하고 눈을 데굴데굴 굴렸다.

쉽게 말할 수 있는 게 아니니까.

그런 유지식을, 무태식이 설득했다.

"야, 나 변호사야. 혹시 알아, 이 문제 해결할 수 있을지?"

"끄응…… 이거 새어 나가면 나도 죽어."

"뭐, 살인이라도 목격한 거야?"

"살인을 목격한 거라……. 그렇게 볼 수도 있지."

"아, 쫌!"

"하아. 알았다, 알았어."

유지식은 긴 한숨을 쉬더니 일어나서 자신의 옷 주머니를 뒤져 담배를 꺼내 물었다.

"그래, 말해 줄게. 어차피 이 꼴로는 오래 못 갈 테니까."

"뭔데?"

"리베이트 때문에 그래."

"리베이트?"

"그래. 그게 뭔지 알아?"

"알지, 왜 모르겠냐?"

리베이트란 쉽게 말해서 역마진 같은 거다. 아니, 뇌물이라고 표현하는 게 더 맞을 거다.

의료계에서는 아주 고질적인 문제로, 해결하려고 하지만 수십 년째 해결이 안 되는 문제다.

쉽게 말해서 특정 약을 써 주는 대가로 의사들이 돈을 받는 걸 의미한다.

의사들 입장에서는 어차피 써야 하는 약이고 그 돈이 의료 보험공단에서 제공되기 때문에 리베이트를 받고 써 주는 게 아예 일상화되어 있다.

어느 정도냐면, 오전에 리베이트 퇴출 회의를 하고 나서 저녁에 뒤풀이하러 간다고 제약 회사에서 잡아 준 룸살롱에 놀러 가는 정도다.

"그게 살인이랑 뭔 관계야? 그게 어디 한두 해 문제야?"

"하아, 씨발. 너 이거 내가 흘렸다고 하면 안 된다."

"알았어. 뭔데? 네가 이렇게 벌벌 떠는 걸 보니 이만저만 큰일이 아닌 것 같은데."

무태식의 말에 유지식은 잠시 동안 아무런 말도 안 하고 담배만 쭉쭉 빨다가 이후 세 대쯤 더 피우고 난 후에야 입을 열었다.

"이번에 신약 나왔다."

"그래서?"

"그게 효과가 엄청 좋아. 특히 암 쪽으로 효과가 좋아. 기존에 있던 약보다 한 20% 정도."

"그런데?"

"그거 쓰지 말라고. 지금 거대 제약사들이 겁나게 리베이트 때리고 있어."

"뭐?"

무태식은 그 말이 이해가 가지 않았다.

다른 회사에서 왜 신약을 쓰지 못하게 한단 말인가?

"아니, 왜?"

"왜일 것 같냐? 약 효과를 10% 늘리는 게 얼마나 힘든지 알아? 그런데 20%다. 이 정도면 거의 기적의 신약이야."

"흠…… 그래서 그것 때문에 고민인 거야?"

"너는 진짜…… 아……. 이렇게 표현하면 너한테 확 와닿겠네. 매년 치료될 수 있는 사람 20%가 죽어 나가는 거다."

무태식의 얼굴이 딱딱하게 굳었다. 20%의 사람들.

그러고 보니 그렇다. 물론 산술적인 단순 계산이기는 하지만, 효과가 좋다면 그걸 쓸 테고 그러면 치료 확률은 더 높아질 것이다.

아니, 병이라는 걸 감안하면 30% 이상 생존율이 차이 날 수도 있다.

"그런데 그걸 못 쓰게 한다고?"

"그래, 씨발. 그 약을 개발한 곳이 성우라는 중소 제약사야."

"그런데?"

"그 약이 풀리면 어떻게 될 것 같냐? 한국에 암 환자가 얼마나 될 것 같아?"

몇십만, 아니 몇백만은 될 것이다.

그리고 20% 이상의 성능 차이라고 한다면…….

"다른 암 치료제 회사들 타격이 어마어마하겠네."

"아마 씨가 마르겠지."

유지식은 허공으로 담배 연기를 뿜었다.

"얼마 전에 소아암으로 애가 하나 왔는데…… 그걸 썼으면 살 수 있었을 거야."

"그런데?"

"교수가 지랄하더라, 쓰지 말라고. 뺨까지 때려 가면서."

"……."

무태식은 유지식이 왜 그런 건지 알 것 같았다.

살릴 수 있었다.

충분히 살릴 수 있는 기회가 있었다.

그런데 못 살렸다.

"실험 기록에 따르면, 애들은 어려서 그런가? 30%까지 성능 차이가 나."

"무슨 의미인지 알겠다. 그 교수라는 놈은 그걸 알고도 그런 거지?"

"그럼 모르겠냐, 씨발?"

유지식은 거칠게 담배를 비벼 껐다.

그는 그냥 일반의다. 당연히 모든 약에 대한 선택권은 교수에게 있다.

"그 새끼들이 모르고 그러는 게 아니야. 아니까 그러는 거지."

"알고도 그런다고?"

"지금 이 신약에 대한 리베이트로 몇백만 원 정도 들어가는 줄 아냐?"

"그러면?"

"교수당 억 단위로 들어간다고 하더라. 목적이 다르니까."

전에는 '우리 약을 써 주십시오.'라고 부탁하는 거였다.

작게는 몇백, 크게는 몇천 정도였지만, 지금은 기업 하나를 작살내기 위해 온 제약 회사들이 뭉친 상황이다.

"당연히 그 돈이 억 단위지. 지금 한국에 그 약 쓰는 곳이 없어."

"허? 한국 기업이라면서?"

"그러니까 망하게 하려는 거야."

무태식은 기가 막혔다.

의사란 존재가 뭔가? 사람을 살리기 위한 일을 하는 이다.

그런데 정작 그 인간들이 사람을 살리기 위해 노력하는 게 아니라 돈 때문에 기적의 신약을 망하게 하려고 한다니.

"신고했냐?"

"신고? 이게 신고해서 처리될 것 같아? 이번이 처음 같아? 처음 아니야. 다만 이번에는 목숨이 달린 약이라는 거지, 신약을 낸 곳이 작은 회사일 경우 말려 죽이는 건 일상이다."

"으음……."

"그리고 그 이후에는 어떻게 될 것 같아? 네가 변호사라서 알겠지만 말이다, 우리나라에 뭐 내부 고발자 시스템이 제대로 갖춰져 있냐? 설사 신고해도 벌금 몇백 나오고 끝이야. 그나마도 다 제약 회사에서 내주는 거고."

그러니까 의사들은 무서울 게 없다.

의사 면허가 취소되는 것도, 감옥에 가는 것도 아니다.

리베이트 쌍벌제라는 게 생겨서 2년 이하 징역, 3천만 원 이하 벌금을 내도록 법이 만들어졌지만 지금까지 단 한 번도 의사에게 징역이 나온 적이 없다.

벌금이야 전화 한 통이면 바로 입금되니까 무섭지 않고 말이다.

하다못해 자격정지라도 시켜야 하는데, 그마저도 거의 이루어지지 않는다.

설사 1심에서 자격정지가 나온다고 해도 2심에 가면 거의 100% 풀려 버린다.

"너는 잘 모르겠지만 말이다, 한국에서 의학계처럼 위계질서가 강한 곳이 많지 않을걸. 교수가 '저 새끼, 마음에 안 들어.'라고 한마디만 하면 난 그냥 퇴출이야. 동네 의원이나 하면서 살아야 한다고."

그런데 그는 암을 전문으로 하는 의사다. 당연히 동네 병원에 암을 치료하러 오는 사람은 없다.

"씨발, 내가 교수한테 무릎 꿇고 빌었다. 딱 한 번만, 딱한 번만 그 애한테 그 약을 써 보자고. 나한테 발길질하더라."

유지식은 담배를 뻑뻑 피우면서 말했다.

"나도 거기까지가 내가 할 수 있는 최대한의 몸부림이더라. 그것도 엄청 찍혔을 거야, 씨발."

제보도 할 수 없는 상황에서 그는 최선을 다했지만 리베이트에 눈먼 교수는 끝내 거절했고, 결국 아이가 어제 죽었다.

"너도 자식이 있잖아. 애가 죽으면 부모 세상은 그냥 무너지는 거야. 내가 좀 더 싸웠어야 하나 싶더라. 그런데 막나가자니, 또 내 집에 있는 내 자식이 눈에 밟히고."

저항할 수도 없고 신고할 수도 없는 상황.

그렇다 보니 대부분의 의사들은 결국 눈감고 만다.

"리베이트 쌍벌제? 조까라 그래. 씨발, 어떤 놈의 제약 회사가 돈을 계좌로 쏴 주냐? 그건 너도 알잖아?"

"그건 그렇지."

가방이나 상자에 담아서 주는 건 구석기 방식이나 마찬가지다.

그 이후에는 커다란 화분에 아래 흙을 덜어 내고 거기에다 돈을 담아 주기도 했고, 그 이후에는 아예 화분을 보내면 그걸 환불하러 갈 꽃집에 돈을 맡겨 놔서 환불할 때 그걸 같이 주도록 하기도 했다.

아니, 요즘은 그마저도 안 쓴다.

차를 렌트해서 거기에 돈을 넣어 두고 조용히 키를 건넨다.

그러면 의사는 그 차를 찾아서 집에 타고 갔다가 다음 날 다시 돌려주는 것이다.

당연히 그 안에 있던 돈은 내려 두고 말이다.

"리베이트 쌍벌로 걸린 새끼들은 진짜 아무것도 모르는 생초짜들이고."

실제로 리베이트로 처벌받은 의사들의 경우 경찰이 수사해서 잡은 건 드물다.

거의 대부분이 갑질을 심하게 당하다가 빡쳐서 그만둔 리베이트 담당 직원의 고발로 걸리는 경우였다.

리베이트 대상인 의사들이 제약 회사 직원들에게 하는 갑질이 얼마나 심한지, 명절에 집에 와서 전을 부치게 하는 인간들이 수두룩하다.

그런데 그 정도면 약과고, 사소한 것 하나도 그에게 내도록 하는 놈들은 넘쳐 난다.

그렇다 보니 빡쳐서 그만둔 직원이 터트리는 것 빼고는,

대부분의 리베이트는 거의 수사가 진행되지 않는다.

"내부 고발은 힘들다 이거지?"

"가능할 리 없다니까! 내가 씨발, 내부 고발해서 해결될 문제였으면 벌써 터트렸어."

용기 있는 의사가 없었던 것도 아니다.

하지만 용기를 가진 대부분의 의사들은 도리어 보복을 당해서 인생이 망가졌다.

거대 병원이나 대학 병원에서 쫓겨나는 건 물론 대도시에서도 병원을 오픈하지 못하게 방해해서 어디 시골로 갈 수밖에 없도록 만드는 게 그들이다.

심한 경우는 리베이트를 줬던 회사에서 그들에게 약을 제공하지 않아 치료도 못 하게 만들기도 했다.

그렇다 보니 단 한 번도 리베이트가 해결된 적이 없었다.

"내가 아는 여자 선배는 있잖아, 지금 뭐 하는지 아냐? 마트에서 캐셔 한다."

"뭐? 의사가?"

"그래. 교수가 성추행한 거 신고했거든."

하지만 처벌은 제대로 이루어지지 않았고 그녀는 결국 해직당했다.

다른 곳에 취업하려 했지만 이미 의사들이 다 이야기를 끝내서 취업할 수도 없었다.

"결국 힘들게 개인 병원이라도 열려고 했더니, 장비도 못

빌리고 제약 회사도 그 의사한테는 약 못 준다고 했다더라."

"그게 가능해?"

"가능해. 그러니까 벌어진 일이지."

무태식은 기가 막혔다.

"이건 나 혼자 해결하기는 힘들겠다."

"해결한다고? 그게 가능해?"

무태식은 고개를 저었다.

"나는 힘들지."

"그러면?"

"이런 걸 전문적으로 해결하는 사람이 있어."

그렇게 말한 무태식은 다짐하듯 중얼거렸다.

"그래, 그러면 확실하게 해결할 수 있을 거야."

"그렇게 많이요?"

"그렇다고 하더군요. 한 해에 암으로 죽는 사람들의 숫자를 생각해 보면 이건 절대 그냥 넘어갈 만한 일은 아닌 것 같습니다."

한 해에 암으로 인한 사망자는 7만에서 8만 명 사이다.

만일 유지식의 말이 맞는다면 그들 중 20% 이상이 살아남을 수도 있다.

"한 해에 몇만 명씩 죽는다라……."

노형진은 눈을 찡그렸다.

이건 쉽게 넘어갈 일이 아니다.

더군다나 한국에서 암은 상당히 고질적인 질병이다.

암이 생길 확률이 30%라고 하던가?

"이건 누가 재수 없게 악성 암에 걸리면 그냥 죽는 게임이 군요."

"그런 것 같습니다. 이걸 의사들이 리베이트 때문에 두고 본다는 게 이해가 안 가는군요."

무태식은 질려 버렸다는 표정으로 말했다.

"그들이 의사가 되었을 때 맹세한 히포크라테스 선서는 기억하지 못하는 걸까요?"

"그걸 기억하면 그 인간들이 그러겠습니까? 애초에 히포크라테스가 이런 일이 벌어질 걸 예상하지 못한 게 참으로 슬프네요."

히포크라테스는 고대 그리스의 유명한 의사다.

그는 많은 사람을 구하기 위해서 노력했고, 의사들의 견본 같은 존재였다.

그는 히포크라테스 선서를 만들어 의술의 전당을 세웠지만 애석하게도 시간이 지나면서 그 의미는 완전히 사라졌다.

"아마 히포크라테스가 이 꼴을 알았다면 대성통곡을 했을 겁니다."

그 말에 무태식은 쓴웃음을 지었다.

히포크라테스 선서는 환자에 대한 책임과 의무, 그리고 의사의 성실을 이야기하는 내용으로 이루어져 있는데, 이 중 현대에서 문제가 되는 것은 첫 번째 문장이다.

바로 '나의 은사에 대하여 존경과 감사를 드리겠노라.'라는 부분인데, 현대에서는 은사가 아니라 상관이 하는 온갖 갑질과 잘못된 행태를 눈감아 주는 핑계로 취급되고 있었다.

노형진은 그렇게 말하면서 턱을 문질렀다.

"이건 분명 우리가 나서야 하는 사건인 것 같습니다. 검찰이나 경찰은 절대로 나서지 않을 테니까요."

경찰은 애초에 사건 자체를 인식하지 못하면 수사를 하지도 못한다.

아니, 인지해도 검사의 수사 지휘가 없으면 조사를 못 한다.

문제는, 검사와 의사는 아주 친밀하다는 것이다.

그들은 소위 말하는 사짜 직업이면서 동시에 자칭 사회 지도층 인사다.

그렇다 보니 결혼을 할 때도 서로 이어지는 경우가 많았다.

"제 경험상 의사의 범죄가 제대로 처벌받은 적이 없는데요."

"그러니까요."

어느 정도까지 선처를 해 주느냐면, 지금까지 수많은 의사들이 강간을 했지만 그중 실형을 선고받은 비중은 채 10%도 안 된다.

심지어 의대생이 성추행을 했는데 재판부는 미래가 창창하다는 황당한 이유로 집행유예로 풀어 줬다.

결국 성추행범은 의대를 그대로 다니는데 피해자들은 그 성추행범을 피해서 휴학을 하거나 자퇴를 해야 했다.

"이걸 경찰이나 검찰에 신고한다면 과연 어떤 처벌이 내려질까요?"

"뻔하죠. 기껏해야 리베이트로 벌금이 떨어질 겁니다."

그런데 현 상황을 보자면 미필적고의에 의한 살인이라고 봐도 무방하다.

미필적고의에 의한 살인이란, 자신이 그 일을 하는 데 있어서 사람이 죽을 가능성이 충분함에도 불구하고 상관없다는 생각으로 일을 처리함으로써 성립되는 살인죄다.

"그리고 이런 경우는 확실하게 미필적고의에 가깝고요."

"과실치사에 가깝지 않을까요?"

"글쎄요? 과실치사라고 해도 중요한 범죄이기는 합니다만."

과실치사와 미필적고의의 차이는 그 고의성에 있다.

과실치사는 쉽게 말해서 이런 거다.

'설마 사람이 죽겠어?'라고 생각하는 마음. 음주 운전이 과실치사에 가깝다.

음주 운전을 한다고 해서 100% 사람을 죽이게 되는 것도 아니고, 애초에 술을 그리 많이 먹지 않았다면 음주 운전을 해도 사고 치는 비율이 높지 않으니까.

"하긴 그러네요. 이건 100% 죽을 수밖에 없는 사건이니까."

그에 반해서 미필적고의는 사람이 죽어도 상관없다는 생각이다.

당장 이 경우는 '이 약을 안 쓴다고 해서 설마 죽겠어?'라고 생각하기보다는, 죽어도 상관없다는 생각이 들 수밖에 없다.

모른다는 것은 변명으로 통하지 않는다. 그들은 전문가이고, 의학에 관해서 강의를 하는 대학 의사들이다.

약의 효과 20% 향상이 얼마나 큰지 안다.

상황마다 다르겠지만 사망자의 30%도, 50%도 살릴 수 있는 수치가 바로 20%의 효과 증가이다.

"의사들이 그걸 모른다는 건 말도 안 되죠."

즉, 그들은 욕심 때문에 그걸 모른 척하고 있다는 소리다.

"그러다가 그 약이 사라지면 어쩌려고 그러는지 모르겠네요."

"아마도 사라지지는 않을 겁니다. 이미 분석이 끝났을 테니까요."

"분석요? 그걸 분석해서 뭐 하게요?"

"약은 특허 기간이 짧지 않습니까?"

"아, 그랬지요. 일반적인 저작권처럼 취급되지 않지요?"

"네, 길어 봐야 10년 정도죠."

정확하게 말하면 약 특허의 기간은 20년이다.

다른 제품과 다르게 생명과 직결된 물건이다 보니 어느 정도의 수익은 보장하지만, 그렇다고 그걸 혼자서만 영원히 팔아먹는 건 막기 위해서다.

"말로는 20년이지만 특허라는 게 판매 시로부터 20년이
아니니까요."

임상 실험을 하는 것 자체가 약이 공개된다는 걸 의미하기
에 임상 실험 이후에는 특허를 등록할 수가 없다.

그래서 약이 어느 정도 개발되면 특허를 등록하고 임상 실
험에 들어간다.

당연하게도 임상 실험에 걸리는 시간만도 짧으면 5년, 길
면 10년 정도 된다.

그러니 보통 시중에 나오면 남은 시간은 10년에서 15년
사이다.

"특히 암같이 생명이 걸린 약은 시간도 오래 걸리죠."

"그러면 10년이 지나면 복제 약을 만들 수 있겠군요."

"그놈들 목적이 아마 그걸 겁니다."

가장 강력한 라이벌을 말려 죽인 후 시간이 지나면 바로
복제 약을 만들어 파는 것이다.

"어차피 분석은 다 끝냈겠다, 그 이후에 상대방의 권리가
끝날 때까지만 기다리면 되는 거죠."

그리고 모든 준비를 다 끝내 놨다가 바로 다음 날부터 생
산 개시.

기존 약이야 말려 죽였으니 사람들이 보기에는 엄청나게
효과가 좋은 새로운 약이 갑자기 튀어나온 것일 뿐이다.

"나쁜 놈들이네요."

"돈만 된다면 사람들의 목숨은 그들에게 아무것도 아닐 테니까요. 그 어마어마한 투자 개발비를 아낄 수 있는 기회인데 그걸 놓치려고 하겠습니까? 힘이 없는 자에게 보물은 재앙이라는 말이 농담이 아닙니다."

약 하나 개발하는 데 적게는 수백억씩 들어간다.

왜 다국적기업들이 수많은 약의 특허권을 가지고 있겠는가?

그들이 자금력이 있으니 그 약을 개발해서 특허권을 쥐고 있는 것이다.

"성우라는 곳, 알아봤더니 그리 큰 곳은 아니더군요."

아주 작은 곳은 아니지만 다국적기업과 비교할 정도는 아니다.

그런 곳에서 이 정도 효과의 약을 개발하기 위해서는 아마도 어마어마한 연구비를 들였을 것이다.

"아마도 회사의 사활을 걸고 만들었겠지요."

"으음……."

무태식도 동의할 수밖에 없었다.

연구 자금만 수백억이 들 정도라면 어지간한 회사는 진짜 사활을 걸어야 할 것이다.

"아마 정상적인 상황이라면 성우는 자금력이 그다지 충분하지는 않을 겁니다."

그리고 상대방은 그런 걸 알기 때문에 이런 로비를 하면서

까지 판매를 막는 것이다. 잠깐만 버티면 사라질 회사니까.

그리고 남은 건 기다리는 것뿐.

"어떻게 하실 생각입니까? 이거 신고는 못 할 것 같고."

"일단 중요한 건 성우를 살리는 겁니다."

"투자하실 생각인가요?"

무태식의 말에 노형진은 고개를 끄덕거렸다.

"그럴 생각입니다. 미래의 가치도 충분하고, 결정적으로 그 회사가 이대로 망하면 수많은 사람들이 죽지 않겠습니까?"

"그렇죠. 몇만 명은 죽겠지요."

노형진은 무태식의 간단한 말에 고개를 흔들었다.

그러한 상황을 예상 못 할 리가 없는데 그걸 이용해서 돈으로 흥정하는 의사들이 새삼 혐오스러워졌다.

"그런데 이번 사건은 다국적기업들이 많은 데 비해 한국 기업들은 별로 없네요. 어째서일까요?"

"한국 토종 기업은 많지 않지요. 애초에 한국의 기업들은 이런 불확실한 쪽에 수백억씩 투자하지 않습니다. 암이라는 질병 자체가 상당히 힘든 질병이라서, 한국의 기업들은 새로운 약을 개발하기보다는 복제 약을 싸게 팔아먹는 걸 선호하죠."

"그랬나요? 아, 그렇기는 하겠네요. 한국 기업들이 투자에 그다지 관심이 없기는 하지요. 하지만 다국적기업이면 다른 곳에서 돈을 많이 벌 텐데요? 이렇게까지 하는 게 도저히 이해가 안 가는군요. 사람을 수만 명씩 죽여 가면서 말입니다."

그 말에 노형진은 쓸쓸하게 웃었다.

"암은 한국에서만 일어나는 병이 아니니까요. 여기서 팔리는 항암제가 외국에서는 안 팔리겠습니까?"

무태식의 얼굴이 딱딱하게 굳었다.

그 말은 추후 성우가 수출을 할 길도 막힌다는 뜻이니까.

한국에서 말려 죽이려고 하는 작자들이 해외 진출을 가만히 두고 볼 리가 없으니 말이다.

"아마 저들이 지키려고 하는 건 한국 시장만이 아닐 겁니다. 아마 전 세계 시장일 테지요."

"잠깐, 전 세계라고 하면?"

"아마 10년이라는 시간을 생각하면 암으로 수백만이 죽을 수도 있겠지요."

그 말에 무태식의 얼굴은 사정없이 일그러졌다.

"그건 사실상 학살 아닙니까?"

"자본주의가 그런 걸 신경이나 쓰던가요?"

무태식은 아무런 말도 못 했다. 돈 앞에서는 그런 게 없으니까.

"희귀병 치료제도 아닌 증상 완화제에도 수백 달러씩 가격을 매기는 다국적기업입니다. 그런 자들이 성우를 그냥 두고 볼까요?"

"끄응."

나치가 죽인 유태인이 수백만 명이다.

그걸 인류 최악의 범죄라고 지칭한다.

그런데 생각해 보면 지금 다국적기업들의 행동은 그보다 더한 짓인 것이다.

"다국적기업 입장에서는 한국에서 그런 약이 탄생한 게 기회죠."

만일 다른 나라 같으면 이런 짓은 못 한다.

"하지만 한국은 정치인들에게 뇌물만 적절하게 준다면 뻔한 살인도 덮을 수 있는 나라니까요."

하물며 살인도 그런데 간접적으로 수십만이 죽는 것쯤이야 정치인들이 신경이나 쓰겠는가?

"사건을 해결하기 전에 일단 성우부터 가야겠습니다. 그곳이 버텨야 하니까요."

일단 피해자가 살아 있어야 소송이라는 것도 가능하다.

노형진은 바로 자리에서 일어났다.

"바로 움직여 보죠. 어쩌면 전 세계를 대상으로 싸워야 할지도 모르겠지만 말입니다."

⚖

도착해서 살펴보니 역시나 성우의 상황은 그다지 좋지 못했다.

"무급 휴직 상태라고요?"

"네…… 그게…….."

성우의 사장은 진땀을 흘렸다.

공장은 대부분 텅 비어 있고 일부 생산 라인은 아예 멈춰 있었다.

특히 항암제 생산 라인에는 아예 사람이 한 명도 없었다.

"단시일 자금 경색이…….."

"이미 다 알고 왔습니다, 주형소 사장님."

주형소의 얼굴이 붉어졌다.

투자자라고 해서 살짝 거짓말을 했는데 다 알고 왔다고 하니 창피해서 얼굴을 들 수가 없었다.

"그런 얼굴 하지 마세요. 그 이유도 알고 온 거니까요. 요즘 약이 전혀 안 팔리지요? 항암제뿐만 아니라 다른 약도."

"하아, 네. 다 알고 오셨다고 하니 사실대로 말씀드리겠습니다. 안 팔려요."

"그 이유는 아십니까?"

"그건…….."

다시 고개를 푹 숙이는 주형소.

눈치를 보아하니 역시 모르지는 않는 모양이었다.

"아예 성우에 대한 전방위적 압박이 이루어지는 모양이더군요."

"그게, 사실은 그렇습니다. 모든 곳에서 저희 약을 모조리 빼고 있습니다."

항암제뿐만이 아니다.

그동안 성우에서 생산해서 판매하던 모든 약이 다 그랬다.

심지어 간단한 감기약이나 멀미약까지 말이다.

"그 이유를 아십니까?"

"가난한 사람이 보물을 가지고 있으니 죄인이 된 거죠."

주형소는 씁쓸하게 웃으며 말했다.

"제가 이걸 개발한 것은 저희가 제대로 된 제약 회사로 거듭나기 위해서였습니다."

사실 성우는 제대로 된 특허를 가지고 약을 만드는 기업은 아니었다.

정확하게는 복제 약을 전문으로 만드는 회사였다.

"저는 그런 기업이 아니라 제대로 된 제약 회사를 만들고 싶었지요."

그래서 무리를 해서 연구소를 만들고 연구 팀을 구성했다.

"그런데 기적이 일어났어요."

사재까지 털어 가면서 만든 연구소에서 개발한 차세대 항암제. 그게 개발되는 순간 주형소는 만세를 불렀다.

성우는 작은 회사다. 그래서 주식 상장도 안 되어 있었다.

하지만 이 약 하나만으로 세계적인 레벨의 제약 회사로 올라갈 수 있는 기회가 생겼다.

주형소도 명색이 제약 회사의 대표이니 이 약의 미래를 모르지는 않았던 것이다.

"하지만 판매를 시작하자마자, 하아……."

주형소는 질렸다는 듯 고개를 흔들었다.

"설마 다국적기업이 저를 이렇게 죽이려고 할 줄은 몰랐습니다."

"당연히 그럴 수밖에 없지요. 그들은 매년 항암제로 수백억 달러를 벌어들입니다. 그런데 이런 약은 그들의 천적이나 다름없어요."

일단 싼 가격이 문제다.

다른 곳에서는 개발비가 수백억이 들어간 반면, 성우는 고작 40억 들어갔다.

다른 곳에 비하면 터무니없이 적게 들어간 거다.

그래서 기적이라 하는 거다.

그가 동원할 수 있는 재력에 한계가 있어서 잘나가는 연구진을 구성할 수 없었다.

세계적인 석학은커녕, 한국 유수의 대학 출신을 구하는 것도 쉽지 않았다.

하지만 그게 전화위복이 되었다.

다른 연구자들이라면 하지 않을 생각, 다른 사람들 같으면 말도 안 된다고 했을 생각을 누군가 했고, 그게 현실이 되면서 기적의 신약이 만들어진 것이다.

'그러고 보니 어떤 대학생이 암 검사 장비를 개발했다고 하지?'

매번 암 검사에 수백 달러에서 수천 달러씩 내야 하는데 어떤 대학생이 단순히 임신 테스트를 하듯이 소변만을 가지고 암을 진단하는 진단 키트를 개발했었다.

"기존 사람들 입장에서는 터무니없는 일인 경우가 많지만 과학이란 그런 식으로 발달하는 거니까요."

어찌 되었건 그렇게 해서 개발했으니 가격이 비쌀 이유가 없었다.

더군다나 회사에 주주가 많아서 그들이 많이 가지고 가야 하는 것도 아니다.

엄밀하게 말하면 주형소가 지분의 70% 이상을 가지고 있는 형태이다 보니 그가 욕심을 버리면 가격은 더 다운된다.

그리고 주형소는 아직 욕심이 별로 없었다.

"일을 이 정도로 저지르는 거라면 저쪽도 가만있지는 않을 텐데요?"

"몇 번 접촉이 있었습니다. 특허권을 자기들한테 팔라고 하더군요."

"얼마 부르던가요?"

"100억 정도 불렀습니다."

"웃기는군요."

당장 이 약이 세상에 제대로 팔리면 하루에 100억씩 나올 것이다.

한데 그걸 통째로 넘기는 조건이 100억이라니.

"일언지하에 거절했더니……."

그 이후에 뭉쳐서 이 지경을 만든 것이다.

"사실 저희한테 투자해 주신다고 해서 저는 어느 정도 손해 볼 생각은 하고 있습니다. 이건 그냥 약이 아니라 생명입니다. 어떻게든 팔아야 합니다."

"생명이라……. 무슨 일이 있으셨나 보군요."

"저희 아버지와 어머니 모두 암으로 돌아가셨습니다."

"아……."

그렇다 보니 그에게 있어서 암은 철천지원수였다.

그래서 암 치료제에 매달린 거고.

"대충 알겠습니다. 투자는 해 드리지요."

"가…… 감사합니다!"

주형소의 얼굴이 환해졌다.

월급조차도 줄 수가 없어서 무급 휴직으로 바꾼 상황이었다.

이제 남은 거라고는 망하는 것뿐이라고 생각하고 있었다.

어떻게 해서든 대출이라도 하려고 했지만 그마저도 불가능하던 상황에서 투자라니.

"경영권만 지켜 주신다면 제 지분을 절반 이상 드릴 수 있습니다."

노형진은 고개를 흔들었다.

"전 경영권에는 관심없습니다. 애초에 저는 여기에 마이스터의 대리인으로서 온 거고요."

"그, 그랬지요, 하하하하."

주형소는 머쓱하게 웃었다.

마이스터에서는 투자를 할 때 딱히 경영권에 관심을 가지지 않는다. 그건 널리 알려진 사실이다.

"하지만 그냥은 못 넘어가겠네요."

"네?"

"이 상황에서 저희가 돈을 드리면 어떻게 될 것 같습니까?"

"그게 무슨 말씀이신지?"

"당장 버틸 수 있는 자금이 되어 주겠지요. 하지만 그렇다고 현재의 판매 상황이 획기적으로 변할까요?"

"그건…… 하아."

주형소는 긴 한숨을 쉬었다. 노형진의 말이 맞으니까.

돈이 얼마나 들어오든 결국 버티는 것뿐이다.

효과? 홍보? 다 의미가 없다.

효과가 없는 게 아니다.

아니, 너무 뛰어나서 문제가 된 상황이다.

홍보? 이 약에 대해 모르는 한국 암 전문의는 없다.

아이러니하게도 이 약을 쓰지 못하게 하기 위해 거대 기업들이 로비를 하면서, 모든 의사들이 이 약에 대해 알게 되었다.

"지금 가장 큰 문제는 이 약을 파는 겁니다."

"그건 그렇지요."

"그리고 저희가 봤을 때 주형소 씨, 아니 성우제약의 가장 큰 문제는 그런 기량이 없다는 거죠."

"그렇다면…… 경영자를 바꿔야겠군요."

주형소는 잠깐 고민했다.

하지만 이내 인정할 수밖에 없다.

이대로 망하는 것보다는 그게 낫다고 말이다.

"적절한 사람으로 찾아 주십시오."

노형진은 고개를 흔들었다.

"아, 오해하셨군요. 저희가 원하는 건 새로운 경영자가 아닙니다."

"네?"

"당분간 이 약의 유통 및 홍보에 관한 모든 권한을 저희가 독점하는 겁니다."

"당분간요?"

"네, 오래가 아니라 당분간요. 확실하게 세상에 알려질 수 있게요."

"방송으로 광고라도 하려고 하십니까?"

"이런 건 방송 광고가 효과가 없죠."

결국 항암 치료에 쓰이는 약을 고르는 건 의사지 환자가 아니다.

환자가 '그 약을 써 주세요.'라고 해 봐야 의사가 '그 약은 이 암과 안 맞습니다.'라고 한마디만 하면 다 의미가 없어진다.

"저는 다른 전략을 쓸 겁니다."

"다른 전략요?"

"우리는 안 파는 게 아니라 못 파는 거라고요."

"실제로 못 팔고 있는데요."

주형소는 당황했다. 결국 같은 상황 아닌가?

"아니요, 다릅니다. 정확하게는 못 파는 이유를 바꾸면 됩니다."

"그래서 뭐가 달라지나요?"

노형진은 씩 웃었다.

"달라지지요. 아주아주 달라지지요, 후후후."

감자대왕에게서 배운다

안 팔리는 것과 못 파는 것은 전혀 다르다.

그리고 현재 성우의 항암제는 팔고 싶어도 못 판다.

"그래서 우리보고 그걸 팔라고?"

"정확하게는 독점이지요."

노형진은 웃으며 말했다.

"이건 대룡 병원에서도 나쁜 건 아닐 텐데요?"

"나는 잘 모르겠군."

유민택은 고개를 갸웃했다.

노형진이 자신을 찾아와서 성우의 항암제를 권했다.

그런 것에 대해 전혀 신경 쓸 일이 없는 유민택 입장에서는 좀 난데없는 부탁 아닌 부탁이었다.

"상황은 이해가 갔네. 그런데 말이야, 나도 알아보니 이거 의료보험도 안 되더군."

"그렇습니다. 그리고 그 이유는 다국적기업 때문이지요."

의료보험이 되어야 더 많은 사람들이 더 많은 혜택을 입는다. 그건 상식이다.

하지만 다국적기업이 의료보험공단 심사원에게 로비를 해서 아직도 의료보험 처리가 안 되고 있었다.

"항암 치료 한 번에 60만 원이면 너무 비싼 거 아닌가?"

의료보험이 안 된다고 가정할 때 항암 치료에 들어가는 돈은 무려 60만 원이다.

상식적으로 이 정도면 어지간한 사람이라면 돈이 없어서라도 성우의 새로운 약이 아니라 과거의 약을 쓸 수밖에 없다.

쓰고 싶다고 해서 병원에서 깎아 줄 리가 없으니까.

더군다나 의료보험이 안 된다는 것은 치명적이다.

한 번만 써도 효과가 좋다면 당연히 쓸 것이다. 하지만 항암 치료는 절대 한 번으로 끝나지 않으니 문제인 것이다.

"아니요. 그 정도로는 안 되죠."

"그 정도로는?"

"회당 200만 원. 그게 제가 생각하는 겁니다."

유민택은 어이가 없었다.

"자네 농담하나? 회당 200만 원? 암 걸린 사람들은 죽으라는 소리야?"

"아닙니다. 살리기 위해 이러는 겁니다."

"하지만 한 번에 200만 원이라니? 항암 치료는 일주일에 두 번은 하네. 그러면 한 달이면 1,600만 원이야!"

당연하게도 대한민국의 일반적인 서민이라면 그 돈을 낼 수 있을 리 없다.

"어차피 그걸 쓸 수도 없지요. 회장님도 아시지 않습니까?"

"그건 그렇지."

다국적기업에서 아무리 용쓴다고 해도 대룡 병원을 대상으로 협작질을 할 수는 없다.

물론 다국적기업에서 의사에게 리베이트를 주면서 자기들 약만 쓰라고 할 수도 있지만, 결국 의사는 대룡 소속이니 유민택의 오더를 거부할 수 없다.

"그렇다고 대룡 병원에 자기네 약 공급을 끊겠다는 개소리도 못 하지요."

대룡이 아무리 그런 다국적기업보다 규모가 작다고 하지만 그 정도 사건을 이슈화시킬 만한 능력은 가지고 있다.

만일 이런 사건이 이슈화된다면 사회적으로 지탄받는 건 물론이고 한국에서 퇴출될 수도 있다.

대체재가 없으면 모를까, 대체재가 있는데 언론에서 까는 걸 알면서도 사람들이 그걸 고집할 이유는 없으니까.

"그런 걸 가지고 빈대 잡으려다가 초가삼간 태운다고 하죠."

"그건 나도 알겠네. 하지만 회당 200만 원이라니, 그건 너무 비싸."

"너무 비쌉니다. 그래서 제가 그 가격을 매기는 겁니다."

"뭐라고? 이건 자네 스타일이 아닌데?"

노형진은 사업에 관해서는 좋은 물건을 최대한 박리다매로 파는 걸 좋아한다.

물론 거기에는 아주 효과적으로 돈을 아끼는 노형진만의 스킬이 녹아 있지만 말이다.

"스타일의 문제가 아니죠. 이건 결국 필요한 사람이 있는 물건이니까요."

"그러니까 말일세, 이걸 어떻게 해서든 서민에게 쓰게 하는 게 자네 목적이 아닌가?"

"장기적으로는 그렇습니다. 하지만 지금은 어차피 못 씁니다. 그러면 다른 방법을 써야지요. 바로 고급화 전략입니다."

"약에 고급화 전략이라니, 이해가 안 가는군."

유민택은 고개를 흔들며 말했다.

생명이 달린 약인데 고급화라니.

노형진은 그런 유민택에게 좀 더 현실적인 설명이 필요하다는 생각이 들었다.

그래서 그에게 차분하게 설명을 해 줬다.

"혹시 프리드리히대왕에 대해 잘 아십니까?"

"그 사람이 누군데?"

"독일 역사에서는 감자대왕이라고 불리지요."

"감자대왕? 별호가 왜 그래? 감자처럼 못생겼나?"

"아니요. 그건 존경의 의미가 담긴 별명입니다."

"존경?"

유민택은 고개를 갸웃했다.

감자는 예쁘게 생긴 것도 아니고 그렇다고 맛이 아주 좋거나 아주 비싼 것도 아니다.

"존경의 의미로는 생각되지 않는 단어인데?"

"현실적으로는 그렇지요. 하지만 독일에 감자를 퍼트린 게 바로 프리드리히대왕입니다. 그걸 퍼트림으로써 독일 국민들을 굶주림에서 구했지요."

"감자를? 어떻게?"

"간단합니다. 비싸게 만들었지요."

"비싸게?"

"네."

프리드리히대왕 시절 이전 유럽의 식량은 오로지 밀과 그걸로 만든 빵뿐이었다.

감자가 없는 건 아니었지만 그건 아무런 맛도 없는, 돼지나 먹는 그런 작물 취급이었다.

"하지만 프리드리히대왕은 그 생산량에 집중했습니다."

감자는 어디서나 잘 자라는 구황작물 중 하나다.

땅이 메말라도 잘 자라고 심지어 돌밭에서도 잘 자라며 가뭄에도 쉽게 죽지 않는다.

"그걸 굶주리는 국민들에게 먹으라고 했지만 아무도 먹지 않았죠. 기존에 먹던 것과 맛이 달라서 익숙하지 않으니까요."

"그건 그렇지. 보통 새로운 물건은 그런 경우가 많지. 한국에 안남미가 들어왔을 때도 그랬지."

안남미, 그러니까 열대지방에서 먹는 길쭉한 쌀이 한국에 구호물자로 들어왔을 때 사람들은 그게 맛이 없어서 못 먹을 음식이라고 평했다.

하지만 현실적으로는 쌀이 맛이 없다기보다는 조리법이 다른 걸 모른 게 실수였다.

한국과 일본 등지에서 키우는 단립종은 찰기와 윤기가 있어서 물에 넣고 뜸을 들여서 익혀서 먹는다.

하지만 안남미, 그러니까 열대지방의 장립종 쌀들은 찰기가 없어서 그렇게 익히면 아예 퍼져서 죽처럼 된다.

그래서 그런 장립종 쌀은 삶아서 건져 내야 하는데 그걸 몰랐던 한국 사람들이 예전처럼 밥을 해서 먹다가 맛없다는 소리를 한 것이다.

"맞습니다. 그 당시의 감자가 딱 그런 경우였죠."

처음 보는데 딱히 맛이 있는 것도 아니었던 것이다.

그러니 대부분 관심을 가지지 않았다.

"그래서 프리드리히대왕은 다른 방법을 썼습니다."

"그걸 강제로 키우게 했나?"

"아니요. 정반대로 했습니다. 법으로 못 키우게 했지요."

"으잉?"

유민택은 어이가 없다는 표정을 지었다.

널리 퍼트려야 하는데 정작 법으로 그걸 금지했다니.

"국왕 명령으로, 귀족을 제외한 자들은 감자를 키우거나 먹지 못하게 했습니다."

"그런데 감자가 퍼졌다고?"

"사람 심리를 잘 이용한 거죠."

그리고 국왕의 사유지에 감자를 심은 뒤 근위대를 배치해 누구도 감자에 손을 대지 못하게 했다.

"그러고 나서 시간이 좀 지난 후에 근위대의 경비를 아주 느슨하게 했습니다."

"어째서?"

"인간의 호기심을 이용하기 위함이지요."

"호기심이라……."

"틀린 말은 아니죠. 복어를 생각해 보세요."

"하긴 그렇구먼."

고급 생선으로 분류되는 복어는 피와 내장 그리고 껍질과 알에 독이 있는 생선이다.

그것도 아주 맹독이다.

"누군가는 그걸 계속 먹은 거죠."

일반적으로 그런 걸 잘못 먹고 죽으면 사람들은 거기에 손을 대지 않는다.

하지만 인간의 호기심은 끝이 없다 보니, 어딘가에서 복어를 먹고 죽은 사람이 계속 나타나서 기록이 남은 것이다, 어디를 먹으면 죽는다는 식으로.

"그리고 드디어 결과가 나오는 거죠."

어떤 미친놈이 내가 어떻게 해서든 이 생선을 먹고 만다고 결심하고 사람을 납치해서 실험하지 않는 이상에야, 최소 수백 명이 오랜 시간에 걸쳐 복어를 먹고 죽어 가면서 안전하고 맛있게 먹는 법을 알아냈을 것이다.

"감자도 그렇겠군. 얼마나 맛있기에 저러는 건가 하고 궁금해하는 미친놈들이 나타났겠어."

"어딜 가나 하지 말라는 짓을 더 하는 놈들이 있으니까요."

그리고 그들은 귀족만의 식량이라는 감자를 비싸게 팔기 시작했고, 그 사실을 안 사람들이 감자를 키우기 시작하면서 결국 감자가 독일 전역에 퍼진 것이다.

"감자는 싹만 멀쩡하면 어디서든 잘 자라죠."

그리고 그게 널리 퍼지면서 독일 국민들은 배고픔에서 벗어났고, 그 존경의 의미를 담아 프리드리히대왕을 감자대왕이라고 부르기 시작했다.

"저도 그 사례를 차용하려고 합니다."

"생명을 가지고 장난을 치면서 말인가?"

"아니죠. 언젠가는 사람들이 값싸게 쓸 수 있게 할 겁니다. 그저 지금만 가격을 올려서 개인적인 사정에 따라 쓰지 못하게끔 만드는 것뿐입니다."

"고급화 전략이라……. 무슨 뜻인지 알겠군. 암이라는 병이 사람 가려서 찾아가는 병은 아니니까."

대부분의 부자들은 매년 건강검진을 한다.

하지만 암이라는 것은 갑자기 생기기도 한다.

그 때문에 부자들도 암에 걸린다.

"그리고 암은 생명을 앗아 가는 병입니다."

잃을 게 많을수록 죽음이 두려운 법이다.

그런데 효과가 20%나 뛰어난 약이 있다. 그리고 그건 사용료가 매우 비싸다.

"과연 부자들이 찾지 않을까요?"

"그렇군. 맞아. 우리 같은 부자들에게 회당 200만 원은 그다지 큰돈도 아니지."

그러니 그들은 이 치료제를 쓸 것이다.

"부자들을 위한 치료제. 오로지 부자들만을 위해 만들어진 약. 그게 제가 노리는 이미지입니다."

명백한 고급화 전략이다.

"물론 당분간은 국민들에게 피해가 갈 겁니다. 하지만 현재로써는 어쩔 수 없는 상황이죠."

피해를 주기 싫어도 결국은 줘야 하는 상황이다.

"그리고 우리 대룡 병원에는 특실이 있지."

"네."

그 약을 오로지 대룡에서만 쓴다고 한다면 아마 암 걸린 부자들은 너도나도 대룡 병원의 병실을 잡으려고 할 것이다.

"우리에게는 그 약에 대한 독점 공급을 약속하고 말이지?"

"네. 그들은 달리 어디 가서 구하고 싶어도 구할 수가 없게 되는 겁니다."

지금 상황과는 정반대다. 지금은 어떻게 해서든 팔기 위해 주형소가 손해도 불사하고 있는 상황이니까.

"그리고 그걸 홍보에 쓸 생각이로군."

"맞습니다. 부자들이 쓰는 약, 부자들만을 위한 약, 효과가 20% 더 강한 약."

노형진은 느긋하게 소파에 등을 기대앉았다.

"과연 국민들이 무슨 소리를 할까요?"

"허허."

유민택은 혀를 내둘렀다.

안 그래도 암은 공포의 질병이다.

그런 약이 있다는 걸 알면 어떻게 해서든 구하기 위해 노력할 것이다.

"그리고 그때 대룡이 나서서 지원을 해 주는 겁니다. 대룡은 지금까지 선한 이미지를 많이 쌓아 왔으니까요."

대룡이 독점 계약을 맺고 있다.

그런데도 불구하고 터무니없이 비싼 가격에 치료해야 한다.

이런 상황에서 대룡에서 지원금을 줘 가면서 서민들에게

치료받을 수 있게 뿌린다면?

"아마 상황이 좀 달라질 겁니다."

물론 모든 병원에서 쓰지는 못할 것이다.

애초에 성우가 그 정도 규모가 되지도 않는다.

지금 노형진이 투자해서 회사 규모를 키우고 있기는 하지만 절대 그 양은 감당 못 한다.

"없어서 못 쓴다 이거군."

"네."

그러면 상황은 달라진다.

그 약은 거대 기업들의 장난으로 안 팔리는 약이 아니라, 사고 싶어도 없어서 못 사는 약이 된다.

"그리고 사람들은 손에 넣을 수 없는 걸 더더욱 갈구하는 법이지요."

특히 그게 자신의 생명과 관련된 거라면 말이다.

"홍보 자체는 아주 잘될 겁니다. 피해자야 다소 있을 수밖에 없지만."

그 부분이 마음에 안 들기는 하지만 어쩌겠는가?

그냥 가만히 있다가는 깡그리 망하게 생겼으니 말이다.

"좋은 생각이야. 우리 입장에서도 어마어마한 홍보를 할수 있겠군."

"그러고 보니 대룡 병원에서 이번에 암 병동을 새로 만들지 않았습니까?"

"그래. 매년 암 환자는 늘어나는 추세니까."

"과연 감당하실 수 있겠습니까?"

유민택은 잠깐 눈을 찡그렸다.

"옆에 빈 땅이 있던가?"

아무래도 조속한 시일 내에 추가 암 병동을 세워야 할 것 같다는 생각을 하는 유민택이었다.

⚖️

얼마 후 대롱에서는 부자 암 환자들에게 연락을 했다.

저희 대롱 병원에서는 기종 항암제에 대비하여 20% 이상의 효과를 가진 항암제를 독점 공급받기로 했습니다.

20% 이상의 효과라는 것은 단순히 치료 시간이 20% 줄어드는 게 아니라 그만큼 살아남을 확률이 높아진다는 의미입니다.

또한 다른 항암제로 치료할 수 없는 말기 암의 경우도 치료 가능할 수도 있습니다.

치료 시간이 짧을수록 체력의 소비 역시 줄어들며 건강하게 퇴원하실 가능성은 더더욱 높아집니다.

그렇게 시작된 소개문이었다.

그 안내문은 암에 걸린 수많은 부자들에게 발송되었다.

그리고 그 안내문을 받은 병원의 환자들은 당황했다.

그럴 수밖에 없다.

"의사 양반, 이게 무슨 말이야? 기존 약보다 20%나 강한 약이 있다는데? 그거 지금 쓰고 있는 거야?"

"아니, 그게 말입니다. 저희는 그 약을 안 쓰고 있습니다."

의사들은 당황해서 변명을 할 수밖에 없었다.

그렇다고 쓴다고 거짓말할 수는 없다.

이 정도 돈이 있는 부자라면 전속 변호사 한두 명은 꼭 데리고 있을 테고, 수틀리면 바로 소송전에 들어갈 테니까.

"그러면 지금 날 효과가 약한 싸구려 약으로 치료하고 있다는 거야?"

"아니, 그러니까 그것도 충분히 검증된…….."

"아니, 검증이고 나발이고, 결국 효과가 약한 건 사실이라는 거네?"

"그게 그렇게 많이 차이가 나지 않습니다. 20% 정도라면…….."

부자는 기가 막혔다.

20%라면 의사나 병원 입장에서는 별 차이 없다고 생각할지 모르지만 당사자인 자신 입장에서는 단 1%에 죽느냐 사느냐가 달려 있다.

"야, 이 씹째끼야! 너는 20%가 작냐! 어! 작냐고!"

"그게…….."

일반적으로 의사는 환자에게 치료 방법을 알려 주지 어떤 약을 쓰고 그 약이 어떤 효과가 있다고 자세하게 알려 주지는 않는다.

물론 그런 걸 설명하게 되어 있지만 대부분 생략한다.

어차피 설명해 줘도 잘 못 알아듣기 때문이라고 주장하는데, 실제로도 그건 사실이다.

물론 그건 문제가 되지 않았을 때의 이야기다.

만일 문제가 되면 소송전으로 들어가는데, 그때는 아주 개싸움이 벌어진다.

'아…… 이런, 어쩌지?'

물론 그 소송 대상이 돈도 없고 백도 없는 사람이라고 하면 소송해도 이긴다.

하지만 소송 대상이 돈 있고 백 있는 사람이라면 이야기가 달라진다.

"저희가, 그 약의 안정성이 아직 검증되지 않아서……."

"그러니까 대룡이 검증도 안 된 약을 쓰고 홍보까지 한다는 거야?"

"그건 아닌 것 같은데……."

또 그렇다고 하기에는 대룡이 무섭다.

그랬다가는 대룡의 법무 팀이 와서 병원을 통째로 벗겨 먹을 테니까.

저런 대답에 '네.'라고 대답하는 순간 대룡의 변호사들이 허위 사실 유포로 그와 그의 병원을 아예 박살을 낼 게 뻔하니 의사는 그렇다고 대답할 수도 없었다.

"이것들이 진짜! 변호사 불러! 변호사!"

자신의 생명이 걸려 있는 문제이다 보니 당연히 부자는 변호사를 동원했고, 변호사는 집요하게 그 부분을 파고들었다.

"그러니까 효과가 충분한데 안 썼다는 말씀이군요."

"저희가 취급하는 약이 아니라서요."

"그렇군요."

일단 여기까지는 소송을 하거나 할 부분은 아니다.

병원에서 취급하는 약은 자기들이 정하는 거니까.

물론 환자에게는 그 병원을 고를 권한이 있고 말이다.

"그러면 저희 의뢰인에게 그 약을 제공해 주실 수 있습니까?"

"그 약을요?"

"효과가 20%나 강하다면 저희 입장에서는 당연히 그 약을 요구할 수밖에 없습니다."

"알아보겠습니다."

의사는 어쩔 수 없다는 듯 말했다.

돈을 준 로비스트에게 미안하기는 하지만 돈이 되는 환자를 놓칠 수는 없으니까.

하지만 그는 알지 못했다. 과거에 되었다고 해서 지금도 된다는 의미는 아니라는 것을 말이다.

"죄송합니다. 약은 판매할 수가 없습니다. 네? 아니, 무슨 말씀이십니까? 저희가 따고 배짱이라니요. 저희가 딴 게 뭐가 있습니까? 저희가 도박을 하는 것도 아닌데요. 누차 말씀 드렸다시피 저희는 대룡과 독점 계약을 맺었습니다. 네, 독점요. 다른 곳에는 공급하지 않는 조건으로요. 저희도 방법이 없습니다."

주형소는 한참 진땀을 흘리면서 통화하더니 간신히 전화를 끊었다.

하지만 상당히 오래 통화를 했음에도 불구하고 그의 얼굴에는 미소가 가득했다.

"요즘은 기가 막히네요, 허허허."

"또 약을 달라고 하던가요?"

"네. 하지만 독점 계약이라고 못 드린다고 했습니다. 전에 제발 약 좀 받아 달라고 할 때는 경비원을 불러서 끌어내더니 이제는 상황이 완전히 바뀌었네요."

주형소는 지금 상황이 완전히 바뀐 게 행복한 모양이었다.

하긴 그 약을 납품하기 위해 그 자신마저도 두 발로 뛰었지만 사람 취급도 안 해 주던 게 바로 병원과 의사 들이었다.

그런데 이제는 전화해서 약을 달라고 하고 있었다.

"절대 안 됩니다. 지금 약을 주면 그들이 결국 갑이 됩니다."

"압니다. 지금이야 부자 손님들한테 써야 하니 제발 달라고 하고 있겠지만, 다른 환자들에게는 구경도 못 하게 할 테죠."

그들이 다시는 이런 짓을 못 하게 하려면 확실하게 그들에게 타격을 줘야 한다.

물론 그들이 쉽게 물러나지도 않을 테지만 말이다.

"그 타격이라는 게 부자 손님들이 나가는 거군요."

"네."

하루에 입원비만 수백만 원씩 내는 큰손님들은 단순히 손님이 아니라 인맥이다.

그런 사람들이 병원에서 자신을 죽게 내버려 뒀다는 것을 알면 병원과 인맥을 유지할 리가 없다.

"그러니까 그들로부터 전화가 오면 무조건 독점 계약했다고 하세요."

"안 그래도 당분간은 그놈들에게 줄 생각이 없습니다."

주형소는 즐거운 얼굴로 말했다.

남의 목숨을 가지고 장난치던 놈들이 그렇게 망해 가는 것을 보는 게 너무나 즐거웠다.

⚖

약을 구하지 못하자 당연히 부자들은 그 병원에서 나오기 시작했다.

그리고 대룡 암 병동은 아주 난리가 났다.

"죄송합니다만 특실은 모두 나갔습니다."

"뭐? 그러면 1인실이라도 없어?"

"1인실도 다 나갔습니다."

"그럼 2인실은?"

"2인실도……."

부자들은 당황했다. 지금까지 이런 이야기는 들어 본 적이 없으니까.

"VVIP실은?"

"거기도 오래전에……."

"허……."

VVIP실은 하루에 입원비만 500만 원이 넘는 곳이다.

그런데 그런 곳까지 다 나가다니.

"남은 방이 있기는 하나?"

"현재 4인실과 6인실에는 자리가 남아 있습니다만."

"4인실과 6인실밖에 없다고?"

"네."

평생을 부자로 살아온 사람들에게 그런 공간은 낯설다.

하지만 살기 위해서는 선택지가 없었다.

"그곳으로 주게."

"알겠습니다."

직원을 따라 병실로 간 그는 쓴웃음을 지었다.

"김 사장, 여기에 있었나?"

전 병원에서 알고 지내던 사람을 같은 병실에서 마주치게 되었으니까.

"뭐, 결국 자네도 이리로 올 줄 알았네. 같은 병실 친구가 될 줄은 몰랐지만 말이야."

김 사장은 씁쓸하게 말했다.

"자네까지 나온 걸 보니 그 병원 특실은 텅텅 비었겠군."

"그럴 테지."

"뭐, 우리와는 상관없지. 괘씸한 놈들."

"뭐가?"

"자네, 소문 못 들었나?"

"무슨 소문? 여기 뭔 이야기가 있나?"

"그 약 말일세, 개발된 지는 벌써 오래된 모양이야."

"뭐? 그런데 왜 이제야 알려진 거야?"

둘 다 길고 긴 항암 치료에 지친 상황이었다.

더군다나 김 사장 같은 경우는 암이 재발한 상황이라 더 힘들었다.

"돈 때문에 그랬다고 그러더군."

"돈?"

"회당 200만 원이라고 하지 않나. 워낙 약값이 비싸다 보니 자기들에게 남는 수익이 거의 없다고 하더군."

"뭐? 그게 사실이야?"

"모르지. 하지만 옆방에 있는 환자 말로는 그렇다고 하더군."

"이런 개자식들이!"

다른 환자들 역시 그 말을 듣고 발끈했다.

자신들은 살기 위해 몸부림치는데 자기들에게 남는 수익이 별로 없다고 효과가 떨어지는 싸구려 약을 쓴다니.

"그치들을 믿는 게 아니었어. 어쩐지 제대로 치료도 못하더라니."

병동을 스윽 돌며 그들이 발끈하는 모습을 본 노형진은 피식 웃으며 나왔다.

'뭐, 대부분은 거짓말은 아니지.'

실제로 의사들이 자기 욕심에 그런 행동을 한 게 맞다.

다만 성우의 약이 너무 비싸기 때문이 아니라 다른 회사에서 돈을 줘서 그런 거지만.

"그래, 상황이 어떤가?"

조용히 원장실로 가자 그곳에서 유민택이 웃으며 기다리고 있었다.

"분위기는 괜찮은 것 같습니다. 다들 기존 의사들을 성토하고 있더군요."

"그래. 자네 덕분에 우리도 지명도가 많이 올라갔어."

부자들을 대상으로 암을 전문으로 치료하는 것은 상당한 수익을 약속한다.

한 번으로 끝나는 게 아니라 매년 건강검진을 하러 오고 그때마다 최소한 1인실 이상을 쓰기 때문이다.

거기에다 그 가족들까지 생각하면, 하루에 일반 환자 수백 명을 받는 것보다 훨씬 많은 돈을 벌 수 있다.

그러니 유민택은 흡족할 수밖에 없다.

"그나저나 계속 이 가격을 유지할 건가?"

"그럴 수는 없지요. 일단 이슈 몰이에 써먹었으니 가능하면 가격을 낮춰야 합니다."

조용히 옆에 있던 원장이 살짝 눈치를 보면서 끼어들었다.

"하지만 쉽지 않습니다. 갑자기 가격을 낮추면 기존 손님들이 불만을 가지실 거예요."

"물론 우리가 아무런 조치 없이 가격만 바로 낮추면 그렇게 되겠지요. 하지만 다른 이슈를 만든다면 이야기는 달라집니다."

"다른 이슈?"

"네. 이건 사람의 목숨이 달려 있는 약입니다."

"그래서?"

"우리를 욕하든 말든, 결국 써야 한다는 거죠."

"그건 그렇지. 이렇게 효과가 좋은 약은 없으니까."

이미 환자들의 예후에 대해 유민택은 보고를 받은 상황이었다.

지금까지 쓴 어떤 약보다 항암 효과가 좋다며 의사들이 극찬을 한다고 말이다.

"그러니까 성우제약을 천하의 개쌍놈으로 만들 생각입니다."

"뭐?"

"전에 말했다시피 고급화 전략을 쓸 겁니다. 부자들만을 위한 고급화 전략요."

"하지만 그건 최종 목적이 아니지 않나? 그건 정반대 아닌가?"

"정반대지요. 그러니까 청개구리 심보라는 겁니다."

노형진은 빙긋 웃으며 말했다.

"보통은 제약 회사가 전면에 나설 일이 없지요. 하지만 이번에는 전면에 나설 겁니다. 그리고 당분간은 욕을 먹어야지요, 후후후."

⚖

얼마 후 인터넷에는 성우제약을 성토하는 글들이 나타나기 시작했다. 단순한 불만 성토였지만 사람들에게는 극적으로 다가올 수밖에 없었다.

저희 어머니가 암이십니다.

그런데 대룡 병원에 자리가 없어서 다른 병원에 가십니다. 이번에 성우에서 나온 약이 효과가 좋다기에 쓰려고 했는데 대룡에서 독점으로 쓴다고 하더군요. 1회 사용료가 무려 200만 원이랍니다.

물론 대룡에 입원할 수는 있습니다.

하지만 사용료가 200만 원입니다. 저희보고 죽으라는 소리입니다.

아무리 돈이 좋다지만 이건 아니지 않습니까?

그 약이 누군가에게는 돈일지 모르지만 저희 어머니께는 목숨이 달려 있는 일입니다.

아픈 것도 서러운데 이제는 돈이 없다고 이렇게 죽어야 합니까? 어머니가 저를 붙잡고 미안하다고, 차라리 당신이 빨리 죽어서 짐을 덜어 줬으면 좋겠다고 하십니다.

이제는 암 치료가 문제가 아니라 어머니 우울증 때문에 자살을 걱정해야 하는 판국입니다.

이게 나라인가요, 사람이 죽어 가는데 돈 때문에 약을 독점으로 공급하게 내버려 둔다는 게?

이 눈물겨운 사연은 사람들의 폭발적인 추천을 받으며 검색어 최상단에 올라갔다.

당연하다.

가족 중에 한 명이라도 아파 보지 않은 사람이 없으니까.

그리고 그 때문에 가슴이 아파 보지 않은 사람이 없으니까.

소중한 가족을 잃어버린 사람들에게는 공감을 불러일으킴과 동시에 분노를 불러일으키는 일이었다.

-저희 아버지도 암입니다. 공감합니다.

-씨발, 돈 없으면 이제 치료도 못 받냐?

-해도 해도 너무하네.

-유전 무죄 무전 유죄를 넘어서 이제 유전생 무전사구나.

아무리 고급화 전략이라고 하지만 지금까지 사람 목숨을 가지고 고급화 전략을 쓴 예는 없었다.

물론 해외에서는 흔한 일이었지만, 최소한 국내에서 그런 일은 없었다.

한국에서는 처음 있는 일이었고, 그래서 사람들에게 그 소식은 빠르게 퍼졌다.

"요즘 너무 욕먹어서 어디 다니기 무서울 정도입니다."

주형소는 떨떠름한 표정으로 말했다.

사람을 구하기 위해 시작한 일인데 정작 그 자신은 욕먹고 있는 상황이라니.

"어쩔 수 없습니다. 때로는 인간은 자극을 줘야만 깨닫거든요. 그리고 홍보는 확실하게 되고 있지 않습니까?"

"그건 그렇지요."

지금까지 사람들은 성우라는 회사에 대해서도, 그곳에서 나온 항암제에 대해서도 알지 못했다.

"하지만 이제는 대부분이 다 알더군요."

"알 수밖에 없죠."

일이 이 정도로 커지면 모르는 게 더 이상한 일이다.

"더군다나 고급화 전략 포지션을 지키고 있으니까요."

"하아."

주형소는 머리를 부여잡았다.

공식 전화번호는 이제 아예 쓰지도 못할 지경이다.

전화가 오면 둘 중 하나다. 읍소를 하거나 욕을 하거나.

"지금이라도 신청하면 안 됩니까?"

"안 됩니다. 전에 말씀드렸다시피 이번 일에는 국가도 끼어 있습니다. 말씀드렸잖습니까? 의료보험공단에서 왜 해당 약을 인정하지 않겠습니까?"

효과도 입증되었고 안정성도 입증되었다.

그런데 어째서인지 공단에서는 그걸 의료보험 대상으로 삼지 않고 있다.

"지금 여기서 꺾이면 어떻게 해서든 거기서 시간을 질질 끌 겁니다."

"그러면요? 이대로 욕먹으면서 계속 갑니까? 그러면 사람이 여럿 죽을 텐데요?"

"아니요. 그건 아닙니다. 그렇게 오래 걸리진 않을 겁니다. 지금 필요한 건 사람들이 폭발하는 거니까요."

"포…… 폭발요?"

주형소는 흠칫 떨었다. 왠지 가볍게 들리지 않았기 때문이다.

"저기…… 노 변호사님, 무슨 짓을 하시려는 겁니까?"

"사람들이 부글부글 끓고 있으니 거기에다가 기름을 부어 볼까 생각 중입니다."

"기름요? 아니, 변호사님!"

"걱정하지 마세요. 잠깐 욕먹고 사람 살리려고 하는 겁니다. 여기서 우리가 입 다물고 있으면 그냥 시간만 끌게 될 뿐입니다."

"그…… 그건 그런데……. 그러다가 사람들이 안 쓰면요?"

"목숨이 걸려 있는데 누가 안 쓰겠습니까?"

"끄응…… 알겠습니다. 그 부분은 일임했으니 맡기겠습니다만……."

주형소는 노형진이 어떤 폭탄을 터트릴지 걱정되었다.

그리고 그 폭탄이 터졌을 때, 그는 진짜 노형진이 미쳤다고 생각했다.

사실 폭탄은 간단한 것이었다.

바로 인터넷 홈페이지에 공지를 올린 것이다.

안녕하십니까, 성우입니다.

현재 저희 성우의 항암제에 대한 많은 질문에 대하여 답변드리고자 합니다.

해당 의약품은 현재 재고와 생산량 부족으로 인해 피치 못하게 고급화 전략을 취하고 있습니다.

성우는 대형 회사가 아닌지라 투자 및 생산에 제한이 있을 수밖에 없습니다.

(중략)

그리하여 추후 해당 의약품에 대한 의료보험 적용 신청을 하지 않을 계획입니다.

감사합니다.

성우의 홈페이지에 올라온 글.

쉽게 설명하면 자신들은 고급화 전략을 유지할 것이며 추후 변동은 없을 거라는 소리였다.

–와, 씨발, 이 개새끼들아!
–사람 목숨이 좆 같냐!
–사람을 아주 돈으로 보네! 개씨팔!

말 그대로 인터넷은 난리가 났다.

성우에 대해 성토하는 사람들로 가득 찼다.

하지만 노형진의 말대로 성우의 매출은 연일 최고치를 갱신하고 있었다.

당연하다.

다른 건 애초에 큰돈이 안 되는 상황이었다. 복제 약들이 널렸으니까.

하지만 이 약은 독보적이었고, 다른 곳에서는 복제할 수가 없는 상황이었다.

그렇게 사람들이 잔뜩 욕하는 상황에서 당연히 불똥은 대룡으로 튀었다.

그쪽에서 독점으로 묶어 버리는 바람에 가격이 터무니없이 올라갔다고 생각했기 때문이다.

"아주 난리가 났네요."

노형진은 대룡과 성우를 욕하는 사람들을 보면서 피식 웃었다.

말 그대로 여론은 펄펄 끓고 있었다.

아마 길바닥에서 주형소가 '내가 성우의 대표다!'라고 외치면 맞아 죽을지도 모른다.

"하지만 마음이 편하지는 않군."

"그러니까요. 화를 내는 사람들은 결국 대부분 관련이 없는 이들이니까요."

일반인들은 화를 낸다.

하지만 진짜 암 환자나 암 환자의 가족들은 대룡과 성우에 빌다시피 하면서 글을 쓰고 있었다.

제발 독점을 풀어 달라, 제발 가격을 낮춰 달라, 제발 살려 달라고.

"우리가 냉혈한도 아니고, 이런 댓글 보면서 속이 편하지는 않지요."

화내는 사람들은 웃기지만 절박한 사람들은 웃기지 않다.

"어차피 시간을 길게 끌 건 아니었으니까요. 이쯤이면 대룡이 나서도 될 것 같습니다."

"지금 말인가?"

"더 시간을 끌면 사망자가 많아질지도 모릅니다. 아무리 어쩔 수 없이 하는 일이라고 하지만 피해는 최대한 줄여야지요."

"알았네."

"하지만 아시죠? 대룡에서 받는 사람들은 진짜 다급한 사람들만입니다."

"무슨 소리인지 아네. 안 그러면 대룡의 시스템이 감당하지 못할 거야."

유민택은 고개를 끄덕거리면서 전화기를 들었다.

"바로 시작해."

짧은 말이었지만 그 말은 본격적으로 대한민국을 뒤흔들었다.

대룡에서 드디어 공식적인 입장을 표했다.

저희 대룡에서는 이번 사태에 대해 심심한 유감을 표현하는 바입니다.

현재 성우에서 제공하는 모든 항암제는 본 대룡 병원에 독점 공급 형태로 제공되고 있습니다.

이번 사태에 대해 대룡은 일말의 책임을 느끼고 있습니다.

이에 저희 대룡은, 저희 대룡에서 치료하는 일반인들에 대해 지원을 하도록 하겠습니다. 애석하게도 가격 자체가 워낙 고가인지라 지원에 한계가 있기는 하지만 기존 가격에 비해 많이 낮아질 겁니다.

회당 50만 원 정도의 가격이 책정될 것이며……

대룡과 성우에서 이익을 상당 부분 포기하고 가격을 낮추겠다는 말.

사람들은 그걸 보고 자신들이 이겼다고 생각했다.

물론 회당 50만 원도 절대 싼 가격은 아니다.

하지만 의료보험이 적용되지 않는 비급여 항목인 만큼 그 정도가 한계였다.

그런데 다른 곳에서 생각지도 못한 일이 벌어졌다.

"3억을 기부하시겠다고요?"

병원에 있던 간호사는 당황해서 물었다.

자신을 부르더니 갑자기 3억 정도 기부하겠다는 환자가 있었던 것이다.

"지금 장난하시는 거 아니지요?"

"장난이 아니야."

어쩔 수 없이 6인실에 있던 부자는 왠지 생각이 많은 표정이었다.

"내가 여기서 아파 보니 결국 다 같은 사람이더라고."

수백억 재산을 쥐고 있었다. 그래서 다른 사람과 함께할 이유가 없었다.

"그런데 여기서 다른 사람들과 있다 보니 내가 참 잘못 살았다 싶어."

자신은 매일같이 비싼 도시락을 공수해서 먹는데 옆 침대 환자의 아내는 식비라도 아끼겠다고 찬밥에 김치 하나 싸 가지고 와서 꾸역꾸역 먹으며 버틴다.

간병인을 둘 돈이 없는 자녀는 밤새도록 간병하고 직장에 갔다가 다시 돌아와 불편한 간병인용 침대에서 잠을 잔다.

다른 환자 가족들은 서로가 힘든데도 불구하고 그런 사람들을 위해 반찬을 나눠 주고 간병을 도와준다.

"결국 죽을 때는 다 같더라고."

암 병동이다 보니까 건강하게 나가는 사람보다는 결국 죽는 사람이 많다.

최후의 선고를 받고 호스피스 병동으로 가던 노인은 자신의 죽음을 마주하면서도 다른 사람들의 쾌유를 빌어 주고 그들의 건강을 위해 기도해 준다.

"평생 나 혼자라고 생각하고 살았는데 그게 아닌 것 같아."

죽음 앞에서는 모두가 공평하게 힘들며 두렵다.

하지만 이곳에서는 서로 기대어 그 공포를 이겨 낸다.

"난 1인실에 있을 때는 밤마다 울었다네."

죽는 게 두려워서, 죽기 싫어서, 모든 걸 놓고 가는 게 싫어서 그렇게 밤마다 울었지만, 누구도 자신을 돌아보지 않았다.

하지만 여기서는 그렇지 않았다.

서로 위로를 해 주고, 간호사를 불러 주고, 조금만 이상해도 어떻게든 도와주려고 애쓴다.

"여기서 삶을 다시 배운 기분이야. 내가 여기서 살아 나갈지는 모르지만, 다른 사람은 살리고 싶어지더라고. 하하하."

그 부자는 웃었다.

"3억? 그래, 적은 돈 아니지. 하지만 난 그게 없어도 안 죽어. 그걸 줘도 버는 돈이 더 많지. 반면에 여기에 있는 사람들은 그거 없으면 죽잖아. 그러니까 죽기 전에 좋은 일을 하고 가고 싶어져서 말이지."

부자들의 심경은 의외로 그곳에서 많이 변해 있었다.

어쩌면 죽음이 임박하고 나서야 마음이 바뀐 걸 수도 있다.

만일 혼자서 방을 썼다면 그런 걸 보지도 못했을 테지만, 다른 사람들과 같이 공간을 쓰면서 죽음을 똑바로 보게 된 걸지도 몰랐다.

"그래서 그러는데, 어떻게 해야 하나?"

"어…… 그러니까, 수간호사님 모셔 올게요."

간호사는 다급하게 간호사 대기실 쪽으로 뛰기 시작했다.

"이건 생각도 못 했는데요?"

노형진은 생각보다 많은 기부금에 깜짝 놀랐다.

"이 정도면 우리가 지원하지 않아도 충분히 커버가 가능하겠어."

사실 지원이 어마어마하게 많은 것처럼 이야기했지만 애초에 약 가격은 그렇게 높지 않았다.

그래서 지원금도 그다지 많지 않았다.

"가격을 좀 더 낮출까?"

유민택은 그래도 높은 가격이 걱정되는 모양이었다.

한 번에 50만 원이라고 해도 한 달이면 400만 원이니까.

"아직은 안 됩니다. 지금부터 시작이니까요."

"지금부터라니?"

"사람 목숨 가지고 장난질한 새끼들을 제대로 처벌해야지요."

"가격이랑 그거랑 무슨 관계가 있다는 건가?"

"아주 관계가 높지요. 이제 국민들에게 희생양을 내놓을 시간입니다."

물론 희생양들의 동의를 얻을 생각은 전혀 없었다.

욕도 패스가 되네요?

대룡 병원은 말 그대로 미어터졌다.

새로 지은 암 병동은 물론이고, 다급하지 않은 사람들이 입원하는 병동까지 모조리 임시 암 병동으로 돌렸지만 몰려드는 사람들을 감당할 수가 없었다.

당연하게도 언론에서도 인터넷에서도 불만이 많았다.

아무리 지원을 한다고 해도 가격이 비싼 건 마찬가지였으니까.

더군다나 그 수량도 감당이 안 되는 지경이었다.

오죽하면 한 명이라도 더 받기 위해 암 치료하는 날만 입원하고 바로 다음 날 퇴원해서 다른 병원에 있다가 다시 암 치료하는 날만 입원하는 편법까지 만들어 냈지만, 전국에서 몰려드는 사람들을 감당할 수는 없었다.

"이제 그만해야 할 것 같습니다, 노 변호사님. 이대로는 여럿 죽습니다. 암이 얼마나 체력을 깎아먹는데 자꾸 병원을 옮기게 할 수는 없습니다."

주형소는 걱정스럽게 말했다. 그는 부모를 모두 암으로 잃었기에 이 상황이 마음에 들지 않았다.

"압니다. 안 그래도 그만할 생각입니다."

"그러면 가격을 낮추시려는 겁니까?"

"아니요. 그건 아닙니다. 가격은 그대로 유지합니다."

"네? 사람을 살린다면서요?"

"그럴 겁니다."

노형진은 고개를 끄덕거렸다. 그럴 생각이다.

"하지만 가격을 낮추는 형태는 이쪽에 손실만 줍니다. 사람을 살리는 것도 좋지만, 여기가 살아야 더 많은 사람을 살릴 수 있습니다. 설마 이게 한국에서만 팔릴 거라 생각하시는 건 아니죠? 전 세계에 팔아야 합니다. 그러기 위해서는 돈이 필요합니다. 마이스터에서 투자한 돈 말고도 말입니다. 사업은 자선이 아닙니다. 폭리는 아니더라도, 최소한의 수익은 내야 합니다."

"하아."

주형소의 입에서 긴 한숨이 나왔다. 노형진의 말이 맞으니까. 자선으로 사업을 하면 망할 수밖에 없다.

애초에 투자를 한 건 노형진이다.

그리고 투자라는 건 결국 수익이 나면 그 돈을 가져가는 사업이다.

그런데 주형소가 자꾸 자선을 하면 노형진이 투자금을 뺄 테니, 성우는 다국적기업의 공격에 망할 수밖에 없다.

"그러면 어쩌시려는 겁니까?"

"의료보험공단을 우리 희생양으로 삼아야지요."

"네?"

"제가 왜 의료보험공단에 대상 신청을 철회했는지 아십니까?"

"어차피 안 될 테니까요?"

"맞습니다. 어차피 안 될 겁니다. 지금까지 몇 번이나 시도했지요?"

"한 스무 번쯤요."

하지만 지금까지 공단은 사소한 걸 핑계 삼아서 끝끝내 허가를 내주지 않았다.

"그러니까 그걸 이제 세상에 까는 겁니다."

"깐다고요?"

"네. 공단에서 허락을 하지 않을 수 없도록 만드는 거죠."

그러면 약은 의료보험 대상이 되고 의료 수가가 배당될 테며 가격은 확실하게 떨어질 것이다.

떨어진 부분에 대해서는 공단에서 책임질 테고.

"하지만 그러면 세금을 받는 꼴인데……."

"이럴 때 쓰라고 내는 게 세금입니다. 돈만 받아 처먹고 안 쓰려고 하면 그게 국가입니까, 기업이지."

"그건 그렇지만……."

"너무 미안하게 생각하지 마십시오. 이건 당당한 요구입니다. 이쪽에서 요구할 만한 가치가 있는 일입니다."

"으음……."

결국 주형소는 노형진의 말에 고개를 끄덕거렸다.

"처음부터 노 변호사님을 믿고 맡겼으니 이번에도 따라가겠습니다."

농담이 아니다.

그는 아무런 대책도 없이 망할 판국이었는데 노형진이 나서자 한국에서 성우와 차세대 암 치료제를 모르는 사람이 없게 되었다.

이제는 입원한 환자들이 당장이라도 대룡으로 갈 방법을 찾고 있기 때문에 병원들마다 성우에 약을 달라고 읍소를 하고 있었다.

"아마 지금 우리가 의료보험 적용을 심사 청구하면 엄청나게 질질 끌거나 아니면 또 빠꾸당할 겁니다. 하지만 우리가 안 한다고 하면, 도리어 욕먹는 건 그쪽입니다."

그러면 그때는 인정을 하지 않을 수가 없을 것이다.

"이제는 복수의 시간입니다."

성우에서 알려 드립니다.

당사에 의료보험화를 요구하는 분들이 많으셔서 알려 드립니다. 현재 당사에서는 해당 항암제에 대한 의료보험화 계획이 없습니다.

정확하게 말씀드리자면, 현재로써는 의료보험화를 할 수가 없습니다.

현재까지 스무 차례 이상 의료보험화를 시도하였으나 당국에서는 명확하게 해당 의약품의 의료보험 적용을 거절하였습니다.

이에 해당 약품은 어쩔 수 없이 비급여로 공급될 수밖에 없으며, 이에 수익성 악화로 인해 어쩔 수 없이 소량 생산 체제를 이용할 수밖에 없습니다.

추후 급여 대상이 될지는 모르겠지만 현재 해당 의약품은 비급여로밖에 공급될 수밖에 없음을 양지하여 주시기 바랍니다. 감사합니다.

짧은 공지였지만 그 반응은 어마어마했다.

안 그래도 성우가 욕을 바가지로 먹으면서도 고가 전략을 고수해서, 이제는 그 분노가 터지기 직전이었다.

더군다나 대룡의 지원이 아무리 좋다고 해도 그게 영원할 수도 없거니와 아무리 대룡 병원이 커도 전국에 있는 모든 암 환자를 커버할 수는 없었기에 암 환자들은 매일매일 공포에 떨어야 했다.

그런데 그 와중에 성우가 일부러 비급여로 제공한 게 아니라 그렇게 할 수밖에 없었다는 사실이 드러나자 분노는 당장 의료보험공단으로 쏠렸다.

─그러니까 정부에서 싼 가격에 못 주게 막은 거네.

─씨발 새끼들아! 좋은 약 쓰면 누가 뭐지냐!

─이건 진짜 회사 욕할 게 아니다. 많이 팔려야 단가를 낮추는 건 상식인데 비급여면 생산량 자체가 줄어들 수밖에 없잖아? 당연히 가격이 터무니없이 비싸지지.

─뭐? 스무 번? 장난해?

─공개는 못 하지만 의료보험공단 직원입니다. 정상적으로는 스무 번 빠꾸 안 납니다. 약에 심각한 문제가 있거나 아니면 정치적인 이유가 있거나 둘 중 하나입니다. 그리고 약은 잘 써먹고 있다. 이 씨발 새끼들아. 우리 아버지가 네놈들 때문에 한 달에 400만 원씩 꼬박꼬박 내고 있다. 씹새끼들.

그리고 이 문제는 정치권까지 퍼지기 시작했다.

정치인들은 도대체 이런 미래의 신약이 스무 번이나 빠꾸를 맞은 이유를 질의했고, 시민 단체는 정보 공개 청구를 통해 그 이유를 정확하게 알고자 했다.

당연히 공단의 이사장은 당혹스러운 상황이 될 수밖에 없었다.

"이거 뭐야? 어?"

이사장 입장에서는 환장할 노릇이었다.

그럴 수밖에 없는 게, 그는 전혀 모르던 일이었던 것이다.

애초에 그걸 막기 위해 돈을 받은 건 심사 위원들이지 이사장이 아니었다.

"저희도 잘 모르겠습니다, 왜 이런 일이 벌어진 건지."

"잘 몰라? 이게 모른다고 하면 될 일이야? 어? 지금 상황 몰라? 어제 나 국회에 가서 개까이는 거 못 봤냐?"

"죄…… 죄송합니다…….''

"지금쯤은 뭐라도 나왔어야 할 거 아냐! 서류가 부족했다든가! 아니면 약에 문제가 있다든가!"

"그게…… 서류에는 전혀 문제가 없었습니다."

애초에 여러 번 약을 등록했던 성우다.

서류가 부족할 리도 없고, 설사 부족했다고 할지라도 두어 번이면 다 만족스럽게 채울 수 있다.

"그러면 뭐야? 약에 치명적인 문제라도 있는 거야?"

"그것도 아니고……."

당장 대룡에서 쓰고 있는 약이다.

전국에서 몰려든 사람들이 그걸로 항암 치료를 하고 있는데 보고된 부작용이 하나도 없다.

"그러면 뭐야? 내가 병신으로 보이냐? 어? 또 어디야? 어디냐고!"

이사장은 버럭버럭 소리를 질렀다.

안 그래도 어제 국회에서 제대로 대답도 못 하고 왔다.

그리고 일이 이쯤 되면 이사장인 그가 뭔 상황인지 모를 리 없다.

"이 개새끼들. 사람 목숨이 달려 있는 물건을 돈 받고 통과를 안 시켜?"

"아니, 이 정도일 줄은……."

"입 닥쳐! 지금 이게 변명으로 해결될 일이야!"

이사장은 목덜미를 잡았다.

졸지에 자기 커리어가 끝장나게 생겼으니까.

안 그래도 낙하산으로 떨어졌다고 민주수호당에서 매일같이 물어뜯기는 상황이다.

그런데 이런 일이 터졌으니, 자유신민당도 커버해 주기 힘들었다.

"야, 이 새끼들아! 당장 그거 심사했던 심사 위원 새끼들 모조리 고발해! 한 놈도 빠짐없이! 그리고 새로 싹 뽑아서 심사해! 당장! 최대한 빠르게! 알았어!"

"아…… 알았습니다!"

직원은 허둥지둥 나갔고, 공단 이사장은 목덜미를 주무르며 눈을 감았다.

"아이구, 두야. 아이구······ 아이구·······."

"헐."

주형소는 혀를 내둘렀다.

노형진이 빨리 진행될 거라고 하기는 했지만 도리어 공단에서 빨리 서류를 내 달라고 읍소할 줄은 몰랐기 때문이다.

"이제 내시면 됩니다. 아마 이번에는 어렵지 않게 통과될 겁니다."

"그러면요?"

"이제 독점 공급은 끝이지요."

당연히 전국으로 퍼져 나가서, 성우는 무서울 정도로 빠르게 성장할 것이다.

"때마침 투자한 건물과 기계가 들어오고 있으니까 급한 불은 끌 수 있을 겁니다."

주형소의 얼굴이 환해졌다.

안 그래도 아파하는 사람들 때문에 계속 양심의 가책을 느끼고 있었는데 드디어 고난이 끝났기 때문이다.

"이제 더 많은 사람을 살릴 수 있겠군요."

"이제부터 시작이지요. 한국을 바탕으로, 세계로 가야 합니다."

"당연히 그래야지요."

"물론 그 전에 살인마 새끼들부터 족치고요."

"살인마들?"

"의사들 말입니다."

"아……."

확실히 의사들이 그걸 막지 않았다면, 어쩌면 살 수 있는 사람이 있었을지도 모른다.

물론 그건 신만이 아는 일이겠지만, 확실한 건 그 자칭 의사라는 작자들이 돈에 눈이 멀어서 신약을 쓰지 못하게 하려고 했다는 것이다.

실제로 노형진이 아니었다면 성우는 사라졌을 테고 말이다.

"하지만 그걸 증명할 수 있는 방법이 없을 텐데요?"

리베이트를 받은 의사들이 리베이트 받고 나을 거 알면서도 약 안 썼습니다, 할 리 없으니까.

"물론 의사들이야 그렇지요. 하지만 현대라는 곳은 인간이라는 존재가 이용당하고 버려지는 곳 아닙니까?"

"그런가요? 그런데 그거랑 리베이트랑 무슨 관계가 있다는 말씀이신지?"

"아실지 모르지만 리베이트 사건은 대부분 내부 고발로 시작됩니다."

의사나 병원 그리고 다국적기업은 인정하지 않지만 갑질에 지쳐 버린 사람들이 그만두면서 터트리는 게 대부분의 리베이트 사건의 현실이다.

만일 그들이 입을 열지 않으면 그냥 묻혀 버리는 거고 말이다.

"그들이 강제로 입을 열게 하면 상황이 달라지지요."

"어떻게 말입니까? 그게 가능할 리 없을 것 같은데요."

노형진은 씩 웃었다.

"그들은 제약 회사에서 일하면서 의사들에게 리베이트를 줬지요. 당연히 성우의 항암제가 효과가 좋다는 걸 알았습니다. 그래서 망하게 하려고 리베이트를 준 거고요."

"그렇지요."

"그러면 그들은 살인의 교사범이 될 수 있지 않을까요?"

"사…… 살인의 교사범요?"

주형소는 눈을 데굴데굴 굴렸다.

"물론 애매하기는 합니다."

그들이 한 건 그저 돈을 전달해 준 것뿐이다. 그리고 부탁을 한 것뿐이고 말이다.

사실 살인의 교사범이 될 가능성은 거의 없다.

"하지만 그건 그 사람들이 잘 모르는 거죠."

애매하다는 것, 그건 일단은 우길 부분이 있다는 뜻이다.

"의사와 다르게 그들은 스스로 지킬 힘이 없는 사람들입니다. 그들은 어떻게 해서든 벗어나기 위해 모든 죄를 다 불겠지요. 아니, 정확하게 표현하자면 모든 죄를 의사와 제약 회사에 뒤집어씌우겠지요."

"하지만 고작 그걸로 그들이 죄를 인정할까요?"

"그건 상관없습니다. 한국에는 정식 재판 말고도 다른 재판이 있거든요."

"어떤 거죠?"

"바로 여론 재판입니다."

"여론 재판?"

"네, 누군가 먼저 터트리면 그와 관련하여 여론 재판이 시작되지요."

"하지만 누가 그걸 터트리겠습니까?"

노형진은 피식 웃었다.

"그게 중요합니다. 어차피 누가 터트렸는지 알 수가 없는데 그게 무슨 문제가 되겠습니까?"

⚖️

인터넷에는 여러 가지 사이트가 있다.

기본적으로 가입을 해야 글을 쓸 수 있는 곳도 있지만 가입하지 않고도 글을 쓸 수 있는 곳도 있다.

당연히 그런 곳은 본인 특정이 쉽지 않다.

그래서 보통 그런 곳에서 익명으로 쓰이는 글은 신빙성이 없거나 관심 종자가 쓰는 글이 많아 상당히 많이 묻혀 버린다.

하지만 '살인에 대한 양심 고백'이라는 말은 사람들의 관심을 끌기에 충분했다.

살인에 대한 양심 고백을 하려고 합니다. 처벌이 두려워 차마 자수할 수가 없습니다. 하지만 지금 벌어지는 살인을, 누군가가 막아 줬으면 합니다.

저는 모 제약 회사의 영업 사원입니다. 이곳에서 일하면서 제가 하는 일은 의사들에게 리베이트를 주고 우리 약을 써 달라고 하는 겁니다.

아마 아시는 분들이 많겠지만, 그 일은 갑질이 심합니다.

그런데 얼마 전에 새로운 지시가 내려왔습니다. 리베이트를 주고 어떤 약을 쓰지 말라고 부탁하라고요.

저는 이유를 몰랐지만 그 말에 따라 리베이트를 뿌렸습니다. 그 당시에 들어간 리베이트는 평소의 몇 배였습니다.

하지만 그렇게 일하던 중에 젊은 의사분에게서 충격적인 소리를 들었습니다.

그 의사분이 묻더군요, 그 약이 뭔지 아느냐고.

사실은 알고 있었습니다. 요즘 시끄러운 그 항암제입니다. 효과가 20%나 좋은 항암제라는 건 이미 들어서 알고 있었습니다.

그때까지만 해도 사실 그건 저랑은 상관이 없었습니다. 저는 시키는 대로 하는 직원일 뿐이었으니까요.

그런데 그 의사분이 그러시더군요.

당신 때문에 사람이 죽었다고, 그 약을 썼다면 살 수 있었을 사람이, 당신이 그 약을 쓰지 말라고 해서 죽었다고.

그제야 저는 제가 하는 일이 살인이라는 사실을 알았습니다.

맞습니다. 20%나 효과가 좋다면 죽은 암 환자들 중 누군가는 살았을지도 모릅니다.

하지만 그걸 쓰지 못하게 하는 게 제 일이었고, 그래서 거의 모든 암 병원에서 해당 약이 퇴출된 겁니다.

얼마 전에 스무 번이나 의료보험화를 거부당한 것도 뉴스를 보고 알았습니다. 이는 정상적인 경우가 아닙니다.

저는 그날 이후로 양심의 가책 때문에 차마 알할 수가 없었습니다.

제가 준 돈이, 제가 놀린 혀가 사람을 죽이는 결과를 불러올 수도 있다는 사실이 몸서리치게 무서웠습니다.

그러던 중 얼마 전에 뉴스를 보고 그 약이 제대로 된 평가를 받는 걸 봤습니다. 그래서 저도 용기를 내기로 했습니다.

작은 용기라 이름도 소속도 말할 수 없지만, 최소한 사건의 진실을 알리는 것은 할 수 있을 것 같습니다.

혹시나 회사에서 저를 잡아낼까 봐 자세한 건 말할 수가 없습니다.

하지만 저는 세 치 혀로 수백 명을 죽인 살인자입니다. 그리고 지금 이 순간에도 얼마나 더 많은 사람들이 영업 사원의 세 치 혀 때문에 죽어 나갈지 모릅니다.

이것이 삶이다

죄송합니다, 여러분, 죄송합니다.
저는 겁쟁이라 차마 이렇게밖에 말할 수 없습니다.

처음에 사람들은 이 글이 뻥인 줄 알았다.

하지만 현실과 너무 많이 맞아떨어졌다.

상식적으로 의료보험 대상이 특별한 이유도 없이 스무 번이나 떨어지는 것도 말이 안 되고, 기존 약과 대비해서 20%나 좋은 약이 소리 소문 없이 사라지는 것도 말이 안 된다.

"아주 난리가 났네."

노형진은 그걸 보고 키득거렸다.

인터넷에서는 영업 사원들을 아예 살인마 취급하고 있었다.

다국적기업들이 어떻게 해서든 입을 막으려고 하고 있었지만 이미 퍼지기 시작한 글을 삭제하는 것은 한계가 있었다.

"이거 노 변호사님이 쓴 거죠?"

"어떻게 아셨습니까?"

무태식은 피식 웃으며 말했다.

"내용이 참 자세한 것 같은데 정작 특정된 건 하나도 없잖아요. 이런 식으로 상대방을 엿 먹이는 거 잘하시잖습니까?"

"그게 보입니까?"

"뭐, 같이 일하니까 보이죠. 그런데 진짜 교묘하네요."

유지식의 말과 조사 결과를 적절하게 섞어서 익명으로 만들어 낸 글이다.

하지만 그 글은 진실을 담고 있었다.

"저라면 여기에 인증한다고 이름 같은 건 가리고 명함을 찍어서 올렸을 텐데요."

"그러면 안 됩니다. 명함을 보면 소속을 특정할 수가 있잖아요."

"소속요?"

"그렇습니다. 기본적으로 회사 명함은 같은 디자인으로 만들잖습니까?"

그러니 명함을 도용해서 만들면 그 회사를 특정할 수 있는 단서를 제공하는 것이나 마찬가지다.

"그런 경우 그 회사에서 그 글을 삭제해 달라고 요구할 수 있게 됩니다. 하지만 이 경우는 회사가 특정되지 않았으니 무작정 삭제 요청할 수도 없죠."

"아!"

"그리고 지금 이 사람은 공포와 자괴감에 떨고 있습니다. 그런데 자기를 인증하려고 할까요?"

"그 부분은 생각을 못 했네요."

무태식은 혀를 내둘렀다. 그는 그저 글의 신빙성만 생각했지 그들의 움직임까지 생각하지는 않았으니까.

"물론 인증을 하지 않았으니 믿지 않는 사람도 많을 겁니다."

충격적인 사건을 조작해서 관심을 끌려고 하는 관심 종자는 충분히 많다.

그런 미친놈들이 현재 상황을 그럴듯하게 엮어서 거짓말을 하는 게 한두 번 있는 일이 아니다.

"사실 국민들이 이걸 믿고 안 믿고는 중요하지 않지요."

중요한 건 누군가 익명으로 사실상 살인, 정확하게는 미필적고의의 살인이 일어났음을 이야기했다는 거다.

그것도 거의 대량 학살 수준으로 벌어지는 살인.

그게 세상에 드러났는데 조용할 수는 없는 일이었다.

"그리고 사회단체들은 움직일 수 있는 핑계를 얻었지요."

지금까지는 이번 사건에 검찰과 경찰이 끼어들 여지가 없었다.

리베이트가 밝혀진 것도 아니었고 의료보험 적용에 관해 위법 사항이 밝혀진 것도 아니었으니까.

"하지만 익명이라고 해도 대량의 살인이 드러났으니까……."

그것도 아주 신빙성이 있는 방식으로 말이다.

"이제 그들을 움직이게 해야지요, 후후후."

⚖️

얼마 후 복수재단은 해당 사건을 정식으로 고발했다.

그리고 경찰과 검찰은 발 빠르게 움직이기 시작했다.

아니, 고발이 들어가기도 전에 이미 움직이고 있었다.

인지 수사라는 형태로 말이다.

그럴 수밖에 없는 게, 여론이 너무 안 좋았다.

미필적고의에 의한 살인.

물론 병으로 죽었으니 살인이 아니라고 할 수도 있다.

하지만 이 사건에서 중요한 건 로비를 통해 그들이 살아남을 수 있는 기회조차 박탈했다는 거다.

이 사실은 주변에서 암 걸린 사람 한두 명은 본 적이 있는 한국인들을 분노하게 만들었다.

당연하게도 첫 번째 대상은 소위 리베이트를 주고 다니는 영업 사원에 대한 소환이었다.

물론 영업을 다니는 사원을 특정하는 건 쉬운 일이 아니었다. 회사에서 누가 영업하러 다닌다고 말해 주지는 않을 테니까.

그러나 그 해결책은 복수재단이 간단하게 제시했다.

"복수재단에서는 영업 사원들에 대한 현상금을 걸겠습니다. 영업 사원의 연락처를 아시는 분이 저희에게 제보를 해 주신다면 최초 고발일 경우 200만 원의 현상금을 지급하겠습니다."

복수재단의 발표에 그들의 신분에 대한 제보가 연일 이어졌다.

"신분을 감출 수 있을 줄 알았는데 의외로 쉽게 특정되는군요."

"영업 사원들은 결국 간호사를 거쳐서 들어가거든요."

의사를 바깥에서 만나는 경우도 있지만 상당수는 병원에서 만난다.

물론 그가 거기서 돈을 주는 경우는 없지만, 일단 인사를 하기 위해서라도 병원에서 간호사를 거쳐서 만나서 번호를 따야 한다.

"그리고 로비라는 게 자주 가야 하는 거거든요."

그냥 돈 좀 던져 주는 게 로비가 아니다.

자주 가서 굽실거리고 좀 추앙해 주는 게 로비다.

"의사들이 그런 식으로 영업하는 영업 사원을 집으로 불러서 자기 집 제사 음식까지 하게 만들었다는 뉴스 못 보셨습니까?"

"하긴 몇 번 보지도 못한 사이의 사람에게 그런 짓까지 시키지는 못하겠지요."

무태식은 이해가 간다는 듯 고개를 끄덕거렸다.

"결국 간호사가 그 존재를 알 수밖에 없죠."

설사 간호사가 아니더라도, 누구라도 그의 존재를 알 수 있다.

아니면 주변에서 알 수도 있다.

워낙 영업 일이 더럽다 보니 술 먹고 하소연도 자주 할 테니까.

"그 사람들에 대한 고발이 한꺼번에 들어갔으니 아마 난리가 날 겁니다."

이런 일에 대해 관련이 없는 영업 사원도 결국 리베이트를 준 것은 드러난 상황이니까 처벌을 피할 수는 없을 것이다.

그리고 이번 일과 관련이 있는 사람은 아마 말 그대로 멘붕 상태일 것이다.

"그리고 뒤처리는 경찰과 검찰이 해 줄 겁니다."

"나는 진짜 몰랐다니까!"

대학교수들, 특히 상위직에 있던 교수들은 난리가 났다.

그럴 수밖에 없는 게, 소환 조사에 불려간 영업 사원들이 모조리 죄를 불었기 때문이다.

정확하게는 누구한테 얼마나 리베이트를 줬는지 다 이야기했다. 차라리 뇌물죄를 뒤집어쓰고 말지 살인죄를 뒤집어쓰고 싶지는 않을 테니까.

"교수님, 그게 말이나 됩니까? 일개 영업 사원도 아는 걸 대학교수님이 모른다는 게!"

"아니, 그건 임상 실험 결과고, 현실은 달라, 현실은!"

"이미 현실적으로 치료 효과가 드러났는데요?"

"그건 이제 드러나는 거지! 전에는 몰랐잖아! 난 몰랐다고! 리베이트? 누가 그딴 개소리를 하는 거야! 난 의사야! 히포크라테스 선서를 한 의사라고! 내가 사람이 죽는 걸 알면서 그랬을 것 같나?"

병원의 대학교수실에서 새어 나오는 목소리에 유지식은 지나가다가 피식 웃었다.

'히포크라테스 선서? 지랄한다.'

그가 아는 한 그걸 가장 개떡같이 여긴 사람이 바로 지금 저기서 몰랐다고 우기고 있는 인간이었다.

그에게 그 약을 쓰지 말라고 뺨을 때린 것도 저 인간이었고, 빌고 있는 그에게 발길질을 날린 것도 저 인간이었다.

'이제 와서 모른 척하시겠다? 지랄하네.'

유지식은 마음 같아서는 입구에 딱 붙어서 그가 곤혹스러워하는 걸 계속 듣고 싶었지만 차마 그럴 수가 없어서 조용히 밖으로 나왔다.

'그래, 몸을 좀 사리자.'

꼬라지를 보아하니 조만간 모가지가 날아갈 게 뻔하지만 그전까지는 그의 모가지를 날려 버릴 수도 있는 인간이니까.

'아오, 속이 다 시원하네.'

지금 의과대학 교수들 중 멀쩡한 사람이 없었다.

직접적으로 암을 다루지 않는 학과라고 해도 리베이트죄가 뒤집어씌워졌기 때문이다.

평소에는 그저 벌금이나 내고 끝이겠지만 이제는 미필적 고의에 의한 살인 아니면 업무상 과실치사 이야기까지 나오는 판국이라 정부에서도 엄벌을 이야기하고 있었다.

하긴 정부 입장에서도, 사람 목숨을 가지고 리베이트를 주고받았는데 그걸 또 벌금으로 끝내면 가루가 되도록 까일 것이다.

당연히 실형은 무리라고 하더라도 자격정지는 내릴 텐데, 대학교수가 자격정지를 받으면 당연히 교수 짓은 못 한다.

즉, 교수들 중 상당수가 커리어가 끝장나게 생긴 판국이라는 거다.

"룰루."

유지식은 오랜만에 즐거운 얼굴로 병동으로 내려왔다.

물론 사람이 없는 계단을 이용했다.

병원 내부가 발칵 뒤집어졌는데 웃고 다니면 욕을 먹을 테니까.

하지만 어디선가 웃지 않으면 진짜 빵 터질 것 같았다.

"아이고, 기분 좋아라."

그는 그렇게 병동으로 내려가다가 아래쪽에서 뭔가를 하는 간호사와 마주쳤다.

간호사는 유지식을 발견하고 얼굴이 딱딱하게 굳었다.

당연히 유지식도 얼굴이 딱딱하게 굳었다.

그녀가 자신의 웃는 얼굴을 봐서?

아니다. 설사 봤다고 해도 개인적으로 좋은 일이 있어서 웃었다고 하면 그만이다.

하지만 그 간호사가 하는 행동은 그걸로 커버할 수 없는 일이었다.

"최 간호사? 지금 뭐 하는 거지?"

"유…… 유 선생님! 아니, 그러니까 이게…….”

최 간호사는 암 병동의 간호사 중 한 명이었다.

그녀는 지금 차트를 가지고 와서 핸드폰으로 사진을 찍고 있었다.

"지금 뭐 하는 거냐고 물었네만?"

"그게…….”

유지식은 눈을 데굴데굴 굴리는 그녀를 보고 한숨을 쉬었다.

"위에서 내려온 말 못 들었나?"

"…….”

위에서 내려온 말, 그건 차트를 '조작'하라는 것이었다.

어떻게 해서든 살인만은 면하기 위해 의심스러운 부분은 모조리 조작하라고 했다.

그런데 아직 조작 전인 차트를, 간호사가 찍고 있었다.

"죄…… 죄송해요…….”

최 간호사는 어쩔 줄 몰라 했다. 지금 상황이 어떤 건지 모를 리 없으니까.

"후우.”

유지식은 계단을 성큼성큼 내려와서는 핸드폰을 낚아챘다.

그리고 저장된 사진들을 확인하고는 길게 한숨을 내쉬었다.

의심스러웠던 대부분의 차트들이 사진 형태로 저장되어

있었다.

"자네……."

"……."

아무런 말도 못 하고 고개를 숙이는 최 간호사.

'그러고 보니 최 간호사 아버지가 여기서 돌아가셨지?'

그것도 암으로 돌아가셨다.

과연 그녀는 무슨 생각을 했을까?

아마 대부분의 암 환자 가족과 같은 생각을 했을 것이다.

그 약을 썼으면 아버지가 살았을지도 모른다.

그런데 찍은 건 아버지 것뿐만이 아니다.

그러면 다음 이야기는 뻔하다. 이걸 찍어서 유가족에게 주겠다는 소리다.

"후우."

당장 경비를 부를 거라 생각했는지 최 간호사는 아무런 말도 하지 못하고 고개를 숙인 채 부들부들 떨었다.

하지만 유지식은 경비를 부르지 않았다.

그 대신에 그녀에게 핸드폰을 도로 건넸다.

"선생님?"

"이거 새어 나간 거 알면 분명 핸드폰부터 검사할 거야. 그러니까 여기서 클라우드에 올리고 바로 삭제해. 아니다, 복구할 수도 있겠군. 일단 오늘 나가서 같은 기종으로 하나 새로 사. 혹시 모르니까 사용감 좀 있는 중고로. 그래야 새

핸드폰을 제출했다는 의심을 피할 수 있을 거야. 사진을 복구할 수도 있으니까 차트 사진 말고 옛날 사진 몇 개 옮겨 놨다가 제출하고."

"선생님?"

"시키는 대로 해. 그리고 이거 찍느라고 시간 얼마나 보냈어?"

"그게…… 한 40분 정도……."

"간호사가 자리를 그 정도 비우면 다른 사람이 모르겠어? 다른 사람한테 가서 내가 개인적인 심부름 하나 시켰다고 해. 아, 지금 돈 가진 거 얼마나 있어?"

"네? 돈요?"

"그래, 돈. 현금."

"어…… 그러니까 한 10만 원 정도……."

"기다려 봐."

유지식은 지갑을 뒤져 대략 30만 원 정도를 꺼냈다. 다행히 찾아 둔 돈이 좀 있었다.

그는 최 간호사에게 그 돈과 함께 체크카드 하나를 건넸다.

"이거 가지고 가고, 나중에 다른 사람들 앞에서 돈하고 카드 나한테 줘. 빈 시간 동안 최 간호사는 내 심부름으로 은행에 다녀온 거야. 무슨 뜻인지 알지?"

"네? 아, 네……."

"빨리 정리하고 들어가. 이거 가지고 온 거 아무도 모르지?"

"네…… 네……."

"빨리 찍고 어서 가. 어서."

그렇게 말하면서 유지식은 머리를 북북 긁으며 그곳을 떠났다.

저게 새어 나가면 아마 병원은 지옥이 될지도 모른다.

분명 병원에서 제출한 서류는 저것과 다른 조작된 서류일 테니, 저게 나타나는 순간 병원 차원에서 범죄를 은폐한 정황이 드러날 테니까.

"아…… 모르겠다. 몰라. 뭐. 어떻게 되겠지."

그는 입맛을 다시면서 병동으로 향했다.

⚖

"이건 생각 못 했는데요?"

"그러니까요. 어디서 샌 거죠? 이게 샐 만한 곳이 없을 텐데?"

얼마 후 피해자 가족들이 새론을 찾아왔다.

그들은 병원을 대상으로 민사소송을 걸고자 했는데, 노형진은 그들이 가진 증거를 보고 깜짝 놀랐다.

"조작 전 차트를 구해 줄 사람이 있었나요?"

"그건 불가능하죠. 그건 쉬운 일이 아닐 텐데."

"여기, 그 친구분이 일하는 병원 아닙니까? 설마 친구분이?"

무태식은 고개를 흔들었다.

"그 녀석은 간이 작아서 이런 건 못 해요. 머리는 좋은데

겁이 너무 많아서요."

"그래요? 어찌 되었건 이 정도면 충분히 소송은 할 수 있겠네요."

병원에서 경찰에 제출한 차트와 유가족이 촬영한 차트는 명백히 달랐다.

아마 병원에서는 이걸 해명하려면 상당히 힘들 것이다.

"교수들도 상당수 징계 절차에 들어갔다고 하더군요."

"그럴 겁니다."

노형진은 고개를 끄덕거렸다.

지금 상황은 덮을 수가 없는 상황이다.

암 병동이 있는 어지간한 병원은 다 연관되어 있으니까.

"이제 다 끝난 건가요?"

"아니요."

노형진은 고개를 흔들었다.

"아직 안 끝났습니다. 아직 본체가 남았지요."

"본체? 아, 그러네요. 본체."

무태식은 신음을 냈다.

본체, 그러니까 이번 사건의 원흉인 다국적기업들이 아직 남아 있었다.

"한국 시장을 잃어버린 그들이 세계시장마저 잃어버리려고 할까요?"

"그럴 리 없죠."

무태식은 고개를 끄덕거렸다.

그들은 잠깐만 물러난 것이다. 어떻게 해서든 성우를 없애려고 들 것이다.

최소한, 성우가 세계로 나가는 것은 막으려고 할 것이다.

"아직 싸움은 끝나지 않았습니다."

노형진은 주먹을 꽉 쥐며 말했다.

센터를 털었으면 다음은 본진이지

"뭐라고? 노형진?"

세계적인 제약 회사 리지스.

그곳의 대표인 크루거는 익숙한 이름에 눈을 찌푸렸다.

"그놈 때문에 한국 항암제 시장이 한 방에 다 털리게 생겼다고?"

"네, 예상도 못 한 방법으로 우리를 치는 바람에……."

"예상치 못한 방법?"

"그게……."

보고를 들으면서 크루거는 기가 막혔다.

'뭐 이딴 개 같은 작전이 다 있어?'

제약 시장에서는 사세가 점진적으로 커지는 경우가 일반

적이다.

아무리 효과가 차이 난다고 해도 기존 약들 또한 효과가 아예 없는 것이 아니기에 그 방어가 만만치 않기 때문이다.

하지만 노형진 때문에 성우는 한국에서 순식간에 50%를 넘어 조만간 70% 이상을 점유하게 생겼다.

"기가 막히군. 고급화 전략이라고?"

"네."

"아니, 대놓고?"

"대놓고 부자들에게만 치료를 했답니다. 그래서 소문이 나는 바람에 그걸 쓰려고 하는 사람들이 많아져서……."

"이런, 이런."

크루거는 혀를 끌끌 찼다.

적당히 로비만 하면 알아서 틀어막아 주는 한국은 그들과 같은 다국적기업에게는 아주 사업하기 좋은 나라였다.

물론 그 나라 기업들은 경제를 죽이네 사업하기 더럽네 하지만.

'개소리하네.'

징벌적 손해배상이나 기타 견제가 심한 미국 같은 곳은 진출도 못 하는 놈들의 개소리일 뿐이다.

사실 한국은 전 세계에서 가장 사업하기 좋은 나라 중 하나다. 물건을 잘못 만들어서 사람이 죽어도 돈 몇억이면 해결되니까.

미국 같으면 기업이 날아갈 사건이다.

"끄응…… 그나저나 또 노형진이군. 한국이 작은 시장은 아닌데."

"그래서 문제입니다. 벌써 두 번째입니다."

"그렇지. 두 번째 사업 방해야. 그 노형진이라는 놈, 너무 날뛰는군."

첫 번째는 다름 아닌 아프리카에 팔아먹는 약을 틀어막은 것이었다.

원래 자원봉사 단체는 기부금을 받고 그 돈으로 비싸게 말라리아 약 같은 걸 사서 아프리카에 뿌렸다.

그래서 다국적기업은 매년 어마어마한 돈을 아프리카 지원 단체에서 긁어 왔다.

그런데 노형진은 생각지도 못한 신생 독립국에 약 공장을 세웠다.

신생 독립국은 다국적기업이 진출도 하지 않았고 저작권 보호 조약에도 들어가 있지 않은 곳이기 때문에 다국적기업이 소송을 해도 이길 수가 없었다.

더군다나 그들이 복제한 것은 이미 기한이 지난 약들.

워낙 빈국인지라 싼 땅값과 인건비를 가지고 복제 약을 쏟아 내기 시작하자 지원 단체들은 그쪽으로 방향을 돌렸다.

그럴 수밖에 없는 게, 정품 약 한 알을 살 수 있는 돈이면 복제 약 열 알을 살 수 있으니까.

그로 인해 다국적기업들은 심각한 타격을 입었다.

말라리아 약 같은 경우는 빈국에서만 소모되는 경향이 강한데 그 판매가 거의 막혀 버린 것이다.

"그것도 타격이 큰데."

그래도 그건 주력이 아니니까 어찌어찌 넘길 수 있다.

사실 그 약을 만들어 팔아서 본전은 이미 다 뽑았으니까.

하지만 항암제라면 이야기가 다르다.

"어떻게 해서든 막아야 해. 그게 미국으로 들어오면 얼마나 피해가 클지 알잖아?"

"알고 있습니다."

암은 전 세계적으로 발생하는 질병이다.

그럴 수밖에 없는 게, 암이라는 질병은 세포가 분열하는 과정에서 생겨난 돌연변이가 원인이니까.

원래 암세포는 정상적인 세포였다.

인간의 몸을 구성하는 최소 단위인 세포는 대개 육체가 사망할 때까지 세포분열을 하면서 새로운 세포를 증식한다.

이 과정에서 여러 가지 이유로 비정상적인 돌연변이 세포들이 생기는데, 일반적인 경우 대부분 자연스럽게 사멸한다.

그런데 이 중 정상 세포가 변질된 암세포는 도리어 급속도로 증식하면서 몸을 갉아먹는다.

그러니 암은 사람이 사는 곳이라면 미국, 유럽, 아프리카, 호주, 아시아 등 전 세계 어디에서든 발병 가능한 것이다.

이것이 삶이다

"전 세계에 그 약이 뿌려지면 우리가 입을 피해가 도대체……."

아마 전 세계에서 자신들의 약은 퇴출될 것이다.

그걸 막기 위해 자신들도 열심히 노력하고 있지만 약의 성능을 높이는 데에는 한계가 있다.

아니, 있었다.

성우에서 전혀 새로운 항암제를 만들 때까지는 그렇게 생각했다.

"크으, 그 약을 어떻게 해서든 집어삼켰어야 하는데."

너무 만만하게 보고 덤빈 게 실수였다.

미국 기업도 아니고 한국 기업인 데다가 한국은 작은 중소기업의 보호에 관심이 없어서 아주 쉽게 집어삼킬 수 있을 거라 생각했는데, 생각지도 못한 방해꾼이 붙어 버렸다.

"한국이야 어떻든 간에 미국으로 들어오는 건 막아."

크루거의 말에 부하는 고개를 끄덕거렸다.

"걱정하지 마십시오. 미 정부 쪽에 손써 놨습니다. 약 사용 허가가 쉽게 안 나올 겁니다. 설사 나온다고 해도, 그때쯤이면 우리가 해당 약을 조사해서 충분히 비슷하게 만들어 낼 수 있을 겁니다."

"조심하고. 무슨 뜻인지 알지? 그 노형진이라는 놈은 뭔 짓을 할지 모르는 놈이니까."

"걱정하지 마십시오. 미 정부에서 사용 허가를 안 내주는데 그놈이 어떻게 하겠습니까?"

부하는 자신 있게 말했다.

하지만 그가 그게 오판이라는 것을 알기까지는 그다지 오래 걸리지 않았다.

⚖

"미국에 수출한다고요?"

"네, 미국에 수출할 겁니다."

"하지만 미국에 수출하려면 FDA의 허가가 필요한데요."

주형소는 당황해서 말했다.

"그건 쉬운 게 아닙니다."

미국의 FDA는 전 세계적으로 인정받는 기관이다.

학술 기관도 아닌 미국 정부 기관이 전 세계에서 이렇게까지 공신력을 인정받기는 힘들다.

그럼에도 불구하고 그들이 공신력을 인정받는 이유는, 그들의 허가 조건이 어마어마하게 까다롭기 때문이다.

만일 유럽에서 허가까지 3년이 걸린다고 하면 미국의 FDA는 최소 5년은 걸린다고 할 만큼 허가받기가 힘들다.

그래서 한편으로는 신약의 적용이 느리다는 불만이 있기도 하지만 동시에 효과가 확실하다고 인증을 받았다는 것을 뜻하기도 한다.

"물론 정식으로 미국에 팔려고 한다면 그렇겠지요. 하지만 우리는 다른 곳에 팔 겁니다."

"아니, 그걸 누구에게 팝니까?"

"미국의 자치구요."

"미국의 자치구? 아! 인디언 보호구역!"

"아십니까?"

"모를 리가 있나요! 약학계가 그 사건으로 발칵 뒤집어졌는데요!"

인디언 보호구역. 사실상 미국 내에 있는 방임 자치 구역.

미국 땅이기는 하지만 접근도 쉽지 않고 미국의 모든 법이 효력이 정지된다.

워낙 못사는 곳이기 때문에 누구도 신경을 쓰지 않았는데, 그곳에 노형진이 의료 재단을 만들면서 완전히 상황이 뒤바뀌었다.

"미국의 의료비는 어마어마하죠."

그건 미국의 의료 시스템이 자본과 결탁하면서 문제가 발생했기 때문이다.

미국의 병원은 터무니없는 가격을 자랑하는데, 한국에서 몇십만 원짜리 맹장 수술이 미국에서는 수천만 원짜리 수술이 되는 게 현실이다.

그것만으로도 부족해서 미국 병원에서 사용되는 모든 것에는 터무니없는 가격이 붙는다.

가령 한국에서 1천 원에 네 개씩 주는 면봉의 경우, 미국에서는 한 개당 5달러(약 6천 원)가 된다.

면봉 한 봉지가 아니라 한 개의 가격이 그렇다.

그뿐만 아니라 의사가 수술할 때 끼는 일회용 라텍스 위생 장갑도 수십만 원의 가격이 붙으며, 입원 환자에게 제시간에 약을 가져다주는 것까지 서비스 요금으로 수십 달러가 붙는다.

"하지만 그곳은 아니죠."

한국식 시스템을 많이 따른 보호구역 내의 병원은 미국 병원의 4분의 1 정도의 진료비를 받고 있다.

"물론 지금까지는 치료할 수 있는 게 한정되어 있지만요."

애석하게도 그건 미국 의료 재벌과 기존 단체들 그리고 터무니없이 비싼 가격을 매기는 다국적기업들을 기분 나쁘게 만들었고, 상당수 약의 판매를 거부당해서 결국 노형진이 만든 곳에서 생산하는 복제 약만 써야 하는 처지가 되었다.

"그리고 그곳에서 파는 약 중에 항암제는 없습니다."

"……!"

주형소의 눈이 크게 떠졌다.

그 말이 사실이라면 자신이 독점적으로 들어간다는 소리이기 때문이다.

"그러면 거길 제가 독점하는 건가요?"

"네."

노형진은 실실 웃으며 말했다.

"독점하는 정도가 아니죠. 미국에서 암 치료비가 얼마나 나올 것 같습니까?"

"어…… 그러네요. 수억씩 나오겠네요."

한국에서도 한때 암을 가리켜 패가망신하는 병이라고 했다. 의료보험이 되는데도 불구하고 터무니없이 비싼 가격 때문이다.

현재도 그 치료비가 비싸서 따로 개별 암 보험을 들어야 하는 상황이다.

"아니죠. 미국이라면 수십억 단위로 나오겠죠."

그래서 미국의 대다수의 사람들은 암에 걸리면 그냥 죽음을 선택한다. 치료비를 지불할 수가 없으니까.

"그러니 그러한 사람들을 거기로 데리고 올 수 있다면 아마 난리가 날 겁니다."

"하지만 그만한 공간이 나올까요?"

"공간이야 만들면 그만입니다."

노형진은 어깨를 으쓱하며 말했다.

"어차피 자치구 땅은 넓고 빈 땅은 많습니다, 후후후. 아, 그러고 보니 공장을 늘려야 하는 거 아닌가요? 이곳에서 만드는 약에는 한계가 있을 것 같은데요."

"네, 그게 상황상…… 어쩔 수가 없네요."

마음 같아서는 공장을 늘리고 싶다.

실제로 투자를 받아서 늘리고 있는 것도 사실이고.

하지만 노형진이 말한 것처럼 전 세계적인 판매량을 커버하기에는 아무래도 한계가 있다.

그 정도 양을 커버하려면 어마어마하게 큰 공장이 필요하다.

"투자를 받아서 늘리는 데에는 한계가 있어서요. 아시겠지만 워낙 땅값이 비싸다 보니……."

"걱정하지 마세요."

노형진은 눈을 반짝거리며 말했다.

"조만간 괜찮은 자리가 나올 겁니다, 후후후."

미국은 기회의 땅이라고 하지만 극단적 자본주의의 땅이기도 하다.

그곳에 있는 인디언 자치구는 한때 둘 중 하나였다.

극도로 가난한 동네이든가 아니면 극도로 번화한 동네이든가.

애석하게도 그 번화한 동네는 인디언이 아닌 외부에서 들어온 사람들을 위한 도박장이었다.

법이 적용되지 않는 점을 이용해서 도박장을 만든 것이다.

그리고 그 허점을 이용해서 만든 병원은 노형진의 상상을 초월했다.

"이게 지금 병원 단지라고요?"

노형진은 눈을 찌푸리면서 말했다.

농담이 아니다.

그리 오랜 시간이 지난 것도 아님에도 불구하고 그가 기억하던 그곳이 아니었기 때문이다.

"무슨 전쟁터 같은데요? 아니 뭐랄까, 이질적인 빈민가? 그런 느낌인데요?"

저 멀리 보이는 높다란 건물들.

그곳부터 일정한 경계를 두고 만들어진 구역에는 족히 수천은 될 듯한, 카라반이라 불리는 이동식 주택이 줄을 서 있다.

심지어 구역을 나누기 위해 카라반 색까지 나눠 놨다.

레드 라인, 피플 라인, 그린 라인, 옐로 라인 등등.

"이게 뭡니까?"

"기존 주택으로 감당이 되지 않아서요. 호텔 같은 곳에서 사는 것도 한계가 있고요."

과거 짙은 그림자가 드리워져 있던 존 쿠디의 얼굴에는 미소가 가득했다.

그럴 수밖에 없다.

미래라고는 보이지 않는 인디언 보호구역이었다.

그런 인디언 보호구역에 드디어 미래가 보이기 시작한 것이다.

아파서 오는 사람들은 인디언들에게는 무척이나 소중한 자금원이었다.

"마이스터의 로버트 씨와 이야기해서 새로운 사업을 시작했습니다. 카라반을 빌려주라고 하시더군요."

"좋은 생각이네요."

가족이 입원하면 몇몇 사람들은 어쩔 수 없이 여기에 있어야 한다.

그런 사람들이 생활하기에는 호텔보다는 카라반이 더 편하다. 일단 더 싸고, 개인적인 공간이니까.

"지금도 카라반이 부족해서 추가로 주문해 둔 상황입니다. 돈이야 잘 들어오고 있으니까요."

미국에서 병원에 갈 돈이 없어서 죽음만 기다리던 사람들이 기회를 잡고 인디언 보호구역으로 몰려들었다.

사는 곳뿐만 아니라 병원까지 부족해서, 심각한 공간 부족 사태가 벌어지고 있었다.

"이미 다른 곳에 새로운 건물을 세우고 있기는 합니다만."

"거기도 금방 차겠지요."

"네, 새로 건물을 올려도 채 한 달을 못 갑니다. 아니, 한 달이 뭡니까? 일주일도 못 갑니다."

대기자가 너무 많아서 생기는 현상이다.

심지어 위중하지 않은 환자들, 그러니까 거동이 불편할 뿐인 환자들은 아예 입원을 포기하고 주변 카라반에서 생활하는 게 현실이었다.

"흠…… 그래요? 아무래도 건설 회사를 더 불러들여야겠군요."

"건설 회사요? 아니, 갑자기 무슨 말씀이십니까? 더 빨리 지으시려고요? 뭐, 그건 좋습니다만."

"그게 아니라, 항암제를 제공할 회사를 찾았습니다."

순간 존 쿠디의 얼굴에 당혹감이 어렸다.

그럴 수밖에 없는 게, 지금까지 그 어떤 곳도 이곳에 항암제를 제공하려고 하지 않았기 때문이다.

"항암제요? 확실한 겁니까? 아니, 미안합니다. 제가 의심하는 게 아니라……."

그도 안다, 한국 못지않게 미국의 암 발생률도 어마어마하다는 걸.

"네, 한국의 기업이 새로운 항암제 개발에 성공했습니다. 독점적으로 공급하는 계약을 맺고 싶어 합니다."

"항암제…… 항암제……."

존 쿠디는 멘붕이 왔다.

자치구에서 병원을 운영하기 시작하면서 그는 병원에 대해 많이 공부했다.

"거기에다 그 약은 기존 약에 비해 치료 효과가 무려 20%나 좋지요."

"그 말은?"

"미국 같은 경우는 그 효과가 아주 중요합니다."

단순히 생각해도 치료 속도가 20% 빨라진다는 거다.

아무리 주변의 4분의 1 정도의 가격이라고 해도 이곳의 치료비가 절대로 싼 것은 아니다.

그런데 그 기간이 20% 줄어든다는 것은 그만큼 재정 부담이 덜해진다는 거다.

"저희 마이스터에서 손해 볼 일은 없지요. 어차피 아픈 사람은 넘쳐 나니까."

다른 투자회사가 소수의 사람들을 악착같이 뜯어먹으려고 한다면 마이스터는 다르게 생각한다.

개인당 수익을 낮추더라도 병원을 채우는 게 우선이다.

"으음……."

"왜 그러십니까?"

"아니, 그게 말입니다, 암 병동까지 만든다면 지금 만들고 있는 곳으로는 도저히 감당이 안 됩니다."

아무리 돈이 많이 들어온다고 해도 아예 신도시 정도의 규모를 새로 만들 수는 없다.

사실 지금 만들어지는 병원들도 상당히 변칙적인 방식으로 운영되고 있다.

가운데에 병원이 있고, 그 주변에 카라반이 있으며, 다시 그 뒤쪽에 가족들을 위한 편의 시설들이 있다.

그나마 미국은 간병을 가족에게 맡기는 시스템이 아니기 때문에 그 정도로 버티는 거지, 만일 한국처럼 간병을 가족이 담당하는 시스템이었다면 아마 주변의 카라반 구역은 최소한 다섯 배 이상 커졌어야 했을 것이다.

이것이 삶이다

"걱정하지 마세요. 이런 거 진짜 잘하는 곳을 알고 있습니다. 그곳에 부탁하면 엄청나게 빨리해 줄 겁니다. 아마 1년 안에 대형 병원 하나는 나올 겁니다."

"네? 그런 곳이 있습니까?"

"있지요."

노형진은 피식 웃었다.

"한국 하면 외국인들이 가장 많이 생각하는 말이 뭐겠습니까? 바로 '빨리빨리'입니다."

⚖️

"이건 거의 신도시급인데?"

유민택은 노형진이 가지고 온 사업 계획서를 보고 당황해서 말했다.

"물론 건물 자체도 크기는 한데……."

어마어마한 규모의 종합병원이다.

한국의 서울대급 이상의 규모를 자랑하는 종합병원.

그걸 무려 40채 이상 지어야 한다.

어쩔 수가 없다.

인디언 보호구역마다 최소한 한 채 이상 지어야 하고, 인구 밀집 지역에는 그 몇 배를 지어야 하니까.

"그런데 아이디어 자체도 당황스럽군. 도시급이기는 한데

도시는 아니야."

대룡건설. 그다지 큰 기업은 아니다.

한국의 대기업이라면 그래도 건설사 하나는 가지고 있어야 한다는 인식 때문에 대룡에서도 과거에 만든 곳일 뿐이지 아주 큰 실적이 있는 곳은 아니었다.

"가능하시겠습니까?"

"가능? 이런 일이 있다면 도리어 우리가 매달려야지. 확실히 변칙적인 상황이기는 하지만 말이야."

노형진의 계획은 참으로 대담했다.

사실 병원을 만드는 것에 대해서는 노형진이 나설 방법이 없다. 건축에 대해 잘 아는 것도 아니니까.

하지만 노형진은 도시 설계에 대해 진짜 파격적인 방식을 선택했다.

"가운데에 병원을 두고 그 주변에 컨테이너로 집을 올린다라⋯⋯."

"한국의 컨테이너식 가건물은 아무래도 가격이 저렴하죠."

미국식의 카라반이 대당 수억을 호가한다.

그래도 집 만드는 비용보다는 싸기 때문에 가난한 사람들은 거기서 산다.

하지만 한국의 컨테이너식 건물은 4천만 원 정도면 살 수 있다. 대략 30% 정도의 가격이다.

"거기에다가 어차피 우리는 거기에 어마어마한 양의 자재를 보내야 합니다. 현지에서 살 수도 있지만, 가격이 비싸니까요."

단가를 계산해 봐야겠지만 한국에서 사 가는 게 더 쌀 경우에는 당연히 한국에서 컨테이너를 보내야 한다.

그리고 현지에서 개조해서 한국식의 이동식 주택을 만든다.

"원가절감이 어마어마하게 되겠군."

"그럴 겁니다. 컨테이너를 다시 한국에 가지고 오지 않아도 되니까요."

물론 한국으로 영영 가지고 오지 않는 건 아니다.

다른 수입 물량을 채워서 오기는 할 것이다. 하지만 그 시간이 오래 걸린다는 게 단점이다.

"어쨌거나 결과적으로 우리는 빠른 속도로 도시 하나를 만들 수 있을 겁니다."

"의료 도시로군."

"맞습니다. 물론 그건 임시적인 거죠."

병원이 제대로 만들어지면 그 이후부터는 그곳에서 발생하는 수익으로 주변에 제대로 된 주택을 만들면 된다.

거대한 신도시가 생기는 일이니 당연하게도 수많은 건설 업체들이 군침을 흘리겠지만, 압도적으로 유리한 것은 다름 아닌 대룡이다. 선점을 했으니까.

거기에다 컨테이너에 대한 소유권도 있으니 거기서 나오는 수익으로 건설 대금을 깎을 수도 있다.

"아무리 지금 거기서 돈이 나온다고 해도 그 컨테이너 대금을 다 감당할 수는 없습니다."

"그러니까 인디언 보호구역에서는 땅을 빌려주고, 우리는 컨테이너를 공급해서 임시 주택을 만든 후에 거기서 수익을 내서 신도시를 만든다 이거군."

"맞습니다. 정확하십니다."

"허허허, 참."

노형진의 말에 유민택은 보고 있던 제안서를 내려놨다.

그리고 노형진을 물끄러미 바라보았다.

"혹시 말일세, 자네 나한테 그 약을 독점하라고 할 때부터 이럴 생각이었나?"

"그렇지 않았다면 계획서가 이렇게 빨리 나왔을 리 없지요."

"끄응, 그렇군. 자네는 정말 때로는 소름이 돋아."

항암제를 잠깐 독점함으로써 얻은 이익 자체는 작다.

하지만 이름을 널리 알리고 부자들을 고객으로 받아들인 것은 대룡 입장에서는 큰 수익이었다.

그런데 이 사업 계획과 비교하면 그건 수익이라고 하기도 애매했다.

"우리도 미국에 진출하기 위해 별짓을 다 하는데 그게 쉽지 않았네. 하물며 건축은 턱도 없었지."

건축은 돈이 되는 일이다.

당연히 해외로 진출하고 싶어도, 미국에서는 어지간하면

자국 기업을 쓰기 때문에 진출 자체가 거의 불가능했다.

그런데 그 방법이 엉뚱한 곳에서 튀어나왔다.

"일단 인디언 보호구역 대표들과 컨소시엄을 만들면 그때부터는 어떤 기업을 만들지는 유 대표님 마음이지요."

"그렇군…… 내 마음…… 크흐흐흐, 크하하하! 내 마음이야! 으하하하!"

갑자기 빵 터지는 유민택.

노형진은 그런 그를 보고 갸우뚱했다.

"아니, 왜 그러십니까?"

"아니, 자네는 잘 모를 거야. 기업의 규모도 규모지만 건설 쪽 규모에 따라 일종의 자존심 싸움이 있거든. 한데 대룡건설이 중견에는 속하기는 하지만 사실 그룹 규모를 보면 작은 편이지."

"그렇기는 하지요."

"그래서 내가 얼마나 무시받았는지 자네는 모를걸."

"회장들끼리도 그런 게 있습니까?"

"우리도 인간일세. 그런데 서로 자랑하고 뻐기는 감정이 없을까 봐? 아니, 도리어 회장이라서 더 그럴 걸세. 일종의 세력 싸움이지."

그런데 다른 건 몰라도 건설에 관해서는 유민택은 비웃음의 대상이었다.

"하지만 내 마음이라며?"

"그렇지요."

"그 놈팡이들이 나한테 한자리 차지하게 해 달라고 또 친한 척할 걸 생각하니 속이 다 시원하네그려. 으하하하!"

한참을 웃은 유민택은 간신히 눈물을 닦으면서 미소 띤 얼굴로 노형진을 바라보았다.

"확실히 이건 돈이 되겠어. 마이스터는 당연히 붙겠지?"

"당연하지요. 이건 장기적으로 어마어마한 수익을 안겨 줄 겁니다. 지금 상황에서도 인디언 보호구역 병원들은 미국의 의료 시스템을 무너트리고 있습니다. 이번 사태로 인해 아마 그 상황이 더욱 가속화될 겁니다."

"그렇군."

한참 눈물을 닦은 유민택은 갑자기 충격적인 선언을 했다.

"우리도 제약 쪽에 진출해야겠어."

"네? 갑자기요?"

"놀랍나? 자네가 놀랄 때가 있기는 하군."

"아니, 좀 당혹스럽습니다. 그런 말씀은 전혀 없으셨으니까요."

"사실 나도 지금 막 생각한 거야. 그런데 생각해 보니 적당한 기업들을 인수해서 대체 약을 생산할 수만 있다면 우리도 인디언 보호구역에 들어갈 수 있다는 소리 아닌가?"

한국의 대기업들이 신약 개발에 소극적인 것은 한국 시장이 너무 작기 때문이다.

미국 같은 거대한 시장은 진입하는 데 너무 오래 걸린다. 그리고 설사 들어간다고 해도 견제가 어마어마하다.

"하지만 이런 식이면 이야기가 달라지지."

미국 법이 통용되는 지역이 아닌 치외법권 지역에서 미국인에게 약을 판다는 것은 상상도 하지 못한 일이다.

"하긴 그렇지요."

물론 공산품은 해당 사항이 별로 없다.

그걸 사러 인디언 보호구역에까지 올 사람은 없으니까.

"하지만 자네 말대로 의약품이라면 이야기가 좀 달라지지."

의약품은 사람 목숨이 달린 문제고, 이 세상에 자기 목숨 안 아까운 사람은 없다.

"그것도 좋은 방법이네요."

"그래. 거기에서는 미국 FDA의 승인이 필요 없으니까."

미국이지만 미국이 아닌 곳.

"그곳에 투자를 해야겠어."

유민택은 흡족한 표정이 되었다.

"뭐, 원하신다면 저는 상관없습니다."

어차피 그곳이 뜨기 시작하면 너도나도 투자하겠다고 달려들 게 뻔하다.

아무리 노형진이 거기를 선점하고 있다고 하지만 그런 투자까지 막을 수는 없다.

그랬다가는 애써 좋게 만들어 놓은 인디언들과의 관계가

무너질 수도 있다.

'차라리 그럴 거면 인디언들이 좀 더 좋은 기회를 잡을 수 있게 하는 게 훨씬 낫지.'

노형진은 빙긋 웃었다.

하지만 기회를 잡은 유민택과 다르게 거대 기업들은 난리가 났다.

⚖

"뭐라고? 인디언 보호구역?"

"네, 그곳에 암 병동을 만든다는 소문이 파다합니다."

"이런."

크루거는 아차 싶었다.

사실 인디언 보호구역에 병원들이 생기고 있다는 건 알고 있었다.

하지만 자신들과 거래를 하는 것도 아니기에 그다지 신경 쓰지 않은 것이 사실이었다.

그런데 거기에 암 병동이 지어진다고?

"얼마나 걸린다고 하던가? 3년? 4년?"

"내부 정보에 따르면 3개월 안에 된다고 하더군요."

"3개월?"

"그렇습니다. 다른 환자들을 받기 위해 만들고 있던 병원을 아예 암 병동으로 오픈한다고 합니다."

다른 환자들은 그다지 급한 상황이 아니다.

하지만 암 같은 경우는 하루하루가 중요하고 내일 뜨는 해를 볼 수 있을지조차 알 수가 없는 병이다.

"크으, 이런……."

크루거는 이를 악물었다. 이러면 상황이 달라진다.

"이대로는 안 되겠어."

"어떻게 할까요?"

"각 회사에 연락해. 만나서 이야기해 봐야겠어."

그냥 넘어갈 수 있는 상황이 아니다.

"만나서 이야기해 보고 대책을 세워야지."

그냥 당할 수는 없는 노릇이었다.

⚖

"암 병동이라니요. 이건 그냥 둘 수 없습니다."

"농담이 아닙니다. 지금 우리 회사 매출이 얼마나 줄었는지 아십니까?"

인디언 보호구역에 위치한 병원들이 싼 가격으로 손님들을 끌어들였고, 그 때문에 제약 회사들은 치명적인 타격을 입고 있다.

실제로 인디언 보호구역에서 가까운 도시들은 병원이 망

해 가는 판국이다.

"저희 보험회사들도 타격이 큽니다."

보험회사들은 제약 회사들과 상생하는 관계다.

워낙 병원비가 비싸다 보니 터무니없는 가격에 보험을 팔아도 어쩔 수 없이 가입해야 하기 때문이다.

오죽하면 미국에서 회사가 줄 수 있는 최고의 복지 중 하나가 바로 의료보험이었다.

그래서 퇴직을 당할 가능성이 높아지면 일단 병원에 가서 조금이라도 아픈 부분은 다 치료하는 것이 미국인들의 일상이었다.

"그런데 인디언 보호구역 병원들은 저희 보험이 해당되지 않습니다."

한국에서는 어떤 사설 보험에 가입하든 어느 병원을 다니든 상관없이 보험비가 지급된다.

하지만 미국은 그렇지 않다. 다니는 병원과 연결된 보험회사의 사설 보험에 가입했을 경우에만 보험비가 지급된다.

일종의 더러운 커넥션이다.

"하지만 인디언 보호구역 병원들은 인디언 보험들하고만 거래를 하지요."

당연하게도 전국에서 그 인디언 보험을 들었다.

그럴 수밖에 없는 게 인디언 보호구역 병원의 치료비 자체가 싸서 인디언 보험에서 받아 가는 보험료도 적어지니, 가족들에게 부담이 덜하기 때문이다.

심지어 인디언 구역으로 치료받으러 가기 위해 드는 돈과 체재비까지 합해도 훨씬 싸다.

"어떻게 해서든 인디언 보호구역에서의 진료를 막아야 합니다."

"하지만 이제 와서 막는 건 불가능합니다. 우리가 인디언 구역에 대해 뭐라고 하겠습니까?"

세금을 안 내는 대신에 지원도 없다.

미국 정부는 오랜 시간 인디언 보호구역을 방치 아닌 방치하면서 말려 죽이는 데 집중해 왔다.

"이제 와서 미국 정부에서 인디안 보호구역을 통제하려고 한다면 분명 그쪽에서는 거칠게 나올 겁니다."

최악의 경우 인디언 보호구역이 독립하겠다고 할 수도 있다.

문제는 그런 경우에 인디언 보호구역에 대한 처분이 애매해진다는 것이다.

독립을 승인할 수는 없는 노릇인데, 그렇다고 그곳을 제압하기 위해 군대를 동원하자니 미국이 입만 열면 주장하는 자치라는 형태에 맞지 않는다.

물론 방법이 없는 건 아니다. 인디언 보호구역이 자연스럽게 미국의 일부가 되도록 교육하고 지원하며 발전시키면 된다.

하지만 그러기 위해서는 어마어마한 시간이 필요하다.

당장 미 정부에 원한이 없는, 아니 어린 학생들부터 시작해야 할 테니까.

더군다나 그 과정에 지원으로 들어가는 돈 역시 적을 리가 없다.

수십 수백 년의 원한을 가진 인디언들이 이제 와서 미 정부에게 굽실거리며 들어올 리도 없고 말이다.

그리고 충성과 이권은 다르다.

당장 인디언들이 독립운동을 하는 것도 아니지만 그렇다고 해서 그들이 자신들의 이권을 포기할 리가 없다.

기존에는 치외법권이라는 것이 그들에게 손해였지만 이제는 실질적으로 막대한 이익이 되는데, 단순히 미 정부에 대한 충성심으로 그걸 포기하는 사람이 어디 있겠는가?

설사 지도자가 포기하고 싶어도 결국은 지역민들의 동의를 얻어야 한다. 미국은 자유민주주의 국가니까.

결과적으로 당장 미 정부에서 인디언 보호구역을 제대로 흡수할 방법은 총과 칼을 앞세우고 들어가는 것 말고는 전혀 없었다.

하지만 그런 일이 벌어진다면 당연히 미 정부의 위치가 흔들릴 테니 실제로 실행할 방법이 없는 셈이다.

"인디언 보호구역을 없애자는 게 아닙니다. 이제 와서 그걸 막을 수는 없습니다."

크루거는 가열찬 토론을 하는 사람들을 보면 혀를 끌끌 찼다.

"지금 그게 중요한 게 아니지 않습니까? 애초에 거기서 장사를 하려면 우리가 아니라 자치 정부 쪽에 동의를 얻어야 합니다. 그런데 그들이 허락을 내줄 리가 없지 않습니까?"

"끄응……."

"그들이 다시는 우리에게 덤비지 않게 하려면 그들을 확실하게 말려 죽여야 합니다."

"하지만 그게 방법이 있겠습니까? 한국에서도 실패하지 않았습니까?"

한국에서도 그렇게 했다가 노형진을 만나서 실패했다.

당연히 그들은 적지 않은 타격을 입었다.

단순히 약의 점유율을 빼앗긴 정도가 아니라 지금까지 관리하던 의사 라인을 통째로 다 날렸고, 리베이트로 어마어마한 처벌을 받았으며, 리베이트를 하던 직권들이 모조리 처벌받는 바람에 추후 리베이트도 힘들어졌다.

장기적으로 본다면 언젠가는 다시 시작할 수 있겠지만, 다른 건 몰라도 암 치료제에 관해서는 그들이 과거의 점유율을 복구하는 게 불가능해졌다.

"하지만 여기는 한국이 아니라 미국입니다. 한국에 이런 속담이 있다고 합니다. 길바닥의 개도 자기 마을에서는 반쯤은 이긴다고요."

좀 다르게 알고 있기는 했지만 일단 크루거는 자신이 아는 속담으로 사람들을 설득했다.

"한국을 잃은 게 뼈아프지만 우리가 돈을 뿌린 게 그들만은 아니지 않습니까?"

그건 맞는 말이다.

미국에서도 의학계는 총기류협회와 더불어 가장 강력한 로비스트 집단 중 하나로 꼽힌다.

그렇기에 이 문제 많은 시스템이 이렇게 계속 이어질 수 있었던 것이고 말이다.

"하지만 판매를 막을 수는 없지 않습니까?"

"판매는 막을 수 없지요."

미국의 법이 통하지 않는 곳이니까.

"하지만 수입은 막을 수 있습니다."

"수입? 아하! 그렇군요!"

"우리가 그 생각을 못 했군요. 그건 막을 수 있을지도 모르겠습니다."

수입, 그러니까 한국에서 미국으로 약이 가기 위해서는 배를 통해 항구로 가든 비행기를 통해 공항으로 가든 무슨 방법을 써야 한다.

"아무리 인디언 보호구역이라고 해도 공항을 만들 수는 없습니다."

일단 공항을 만들려면 돈이 어마어마하게 든다.

물론 미국은 소규모 공항이 많다.

하지만 아무리 소규모 공항이라고 해도 미 정부의 허가가 없으면 만들지 못한다.

"그건 아무리 인디언 보호구역이라고 해도 마찬가지이지요."

그럴 수밖에 없는 게, 인디언 보호구역에서 나가는 순간 미국의 영공이기 때문이다.

정확하게 말하면 모든 비행기는 국제법에 따라 비행기 비행 라인을 보고하고 비행해야 한다.

"우리가 수입을 막아 버리면 그들은 그 약을 쓸 수가 없습니다. 다른 약들이야 힘들겠지만, 최소한 이 약은 그렇습니다."

다른 약들은 그들의 오래된 약을 복제해서 만든 복제 약이라서 일단 통관은 쉽다.

하지만 이건 그들의 것보다 훨씬 새로운 약이고, 더군다나 지금까지와는 다른 방식으로 만들어진 약이다.

"아직 FDA의 승인도 받지 못한 약입니다. 충분히 수입을 막을 수 있습니다."

공항과 항구는 미국의 땅이고 그곳에서 수입을 막아 버리면 인디언 보호구역에서는 쓰고 싶어도 쓸 수가 없다.

"그사이에 우리가 역설계를 해서 먼저 특허를 내면 됩니다."

"하지만 이미 특허를 내 놓은 상태인데요?"

"아직 특허등록이 완전히 끝난 건 아니지 않습니까? 그리고 약간 변경하는 정도는 우리에게 어려운 일도 아니지 않습니까?"

"무슨 뜻인지 알겠네요."

물론 특허 소송을 하면 자신들이 질 수도 있다.

하지만 그런다고 해도 미국 시장을 지킬 수만 있다면 손해 보는 것은 아니다.

"우리가 가진 힘을 보여 줍시다. 저 동양에서 온 노란 원숭이가 자기 마음대로 할 수 있을 거라 생각하는 모양인데, 그렇게 둘 수는 없지요."

크루거는 눈을 번득이며 말했다.

"그대로 내려! 오케이!"

인디언 보호구역, 존 쿠디는 공사 현장을 살피고 있었다.

사람들은 이곳에 새로운 병원이 들어갈 준비를 하는 중이라고 생각했다.

하지만 그건 속임수였다.

"드디어……."

존 쿠디는 왠지 표정이 벅차 보였다.

"기쁘신가 보군요."

"제대로 된 공장이 드디어 생겼으니까요. 이런 말씀 드리긴 죄송하지만, 아무래도 병원은 이 지역의 실업률을 낮추기에 적당한 기업은 아니지 않습니까?"

"그렇기는 하지요."

노형진은 존 쿠디의 말에 고개를 끄덕거렸다.

병원은 기본적으로 전문가들이 지배하는 공간이다.

대부분의 인력은 의사와 간호사로, 모두 의학에 관한 충분한 교육을 받아야 하는 직업이다.

"저희 인디언 보호구역에서는 그 일을 할 수 있는 사람이 거의 없지요."

인디언 보호구역의 고질적인 저학력 문제는 수십 년째 이어지고 있다.

당연히 미 정부는 해결 의지가 없었다.

좀 심하게 말하면 인디언 보호구역에서는 고졸을 찾는 것도 힘들 만큼 학력이 낮아서, 병원에서 일한다고 해도 결국은 청소부나 잡부 정도일 뿐이라 병원 내에서 일하는 인디언들이 거의 없었다.

"그래서 사실 말이 많았습니다."

인디언 보호구역에 생긴 카지노처럼 병원은 돈을 많이 버는 데 반해 정작 인디언들은 가난한 상태를 그대로 유지하는 상황이 벌어지는 것에 대해 말이다.

"알고 있었습니다. 하지만 이게 참 애매하죠."

인디언 보호구역에 공장을 만들어서 미 전역에 팔 수 있으면 좋은데, 그게 쉽지 않다.

거기에다 생활비는 똑같으니 당연히 사람들은 자기편이 되어 줄 수 있는 일반 미국 땅에 공장을 세우지 투표권도 없는 인디언 보호구역 내에 공장을 세우지 않는다.

"하지만 이 약은 다릅니다."

성우에서 만든 약은, 정확하게 말하면 성우의 미국 공장에서 만드는 약은 100% 인디언 보호구역에서만 소비될 예정이다.

"외부로 나가지 않는다면 미 정부에서 뭐라고 할 수가 없지요."

해당 지역의 공장 설립 문제는 전적으로 인디언 연합체 소관이니까.

"아마 다른 물건이었다면 불가능했겠지만요."

하지만 구조적으로 사람들이 이 약을 쓰기 위해 여기로 올 수밖에 없는 형태다.

그러니 하등 문제가 없다.

"아마 다국적기업들은 지금쯤 수입을 막겠다는 생각을 하고 있겠지요."

하지만 공장 설립에 필요한 장비는 이미 여기에 들어와 있다.

약을 꼭 한국에서 만들 필요 없이, 미국에서 만들면 그만이니까.

"이 사실을 알고 나면 아마 반쯤 미칠 지경이 될 겁니다, 후후후."

"하지만 그들이 이걸 방해하지 않을까요?"

"방해하지 않을 리 없지요."

노형진은 존 쿠디의 말에 살짝 웃었다.

"그리고 그게 제가 원하는 겁니다."

당신은 질병, 나는 약

"뭐, 공장이 생겼어?"

크루거는 어이가 없었다.

수출과 관련해서 성우가 미 정부에 신청한 걸 반려시켜서 제대로 한 방 먹였다고 신나 하던 게 얼마 되지 않았다.

그런데 뜬금없이 공장이 생겼단다.

"그게 말이나 된다고 생각해?"

"이 작자들, 아예 공장을 준비하고 있었답니다. 그것도 극비리에요."

건물을 짓던 사람들조차 거기에 병원이 들어올 거라 생각했었다. 건물이 거의 완성 단계에 접어들고 나서야 병원치고는 형태가 이상하다고 느낀 것이다.

그러나 그때는 이미 해당 제약 관련 물품들이 모조리 공장에 들어온 시점이었다.

"이래서야 수입을 막은 의미가 없습니다."

"재료는? 재료는!"

"그건 막을 수가 없습니다."

신기술을 쓴다고 해서 모든 재료가 완벽하게 새로운 건 아니다.

다른 곳에서 수입을 해서 써야 하니 당연히 그걸 막는 것은 불가능하다.

"이런……."

크루거는 자신이 이렇게 완벽하게 당할 거라고는 생각도 못 했다.

공장을 만들었다는 건 그들이 수입을 막을 거라는 걸 예상했다는 소리니까.

"그게 말이나 되는…… 아니다. 그게 문제가 아니지. 그래서 생산은?"

"이미 초도 생산량이 나왔답니다. 그리고……."

"그리고?"

"병원에서 암 환자들이 그쪽으로 가고 있다고 연락이 왔습니다."

크루거의 얼굴이 사정없이 일그러졌다.

그가 가장 크게 염려하던 게 그거였다.

만일 신약이 미국 땅에서 사용되고 그 효과가 소문이 난다면 너도나도 인디언 보호구역으로 갈 테니, 리지스의 약을 쓰는 병원들은 수익이 안 날 수밖에 없다.

그리고 그들 입장에서는 효과도 약하고 수익도 안 나는데 리지스의 약을 계속 쓸 이유가 없다.

친밀한 관계가 유지되고 있지만 그건 어디까지나 서로에게 도움이 되기 때문이지, 진짜 모든 걸 다 퍼 주는 것은 아니다.

"망할. 다른 곳의 반응은?"

"다른 곳도 이제 알고 반응하는 모양입니다만……."

"늦었겠지."

아예 생산량이 없다면 모를까 이미 초도 생산량이 나온 이상에야 그걸 막을 수는 없다.

"이탈을 막을 수는 없겠지?"

"그게, 이번에 이탈한 사람들은 병원에서도 포기한 환자들인지라……."

의사에게서 시한부 선고를 받고 마지막을 준비하는 환자들. 그들이 만일 인디언 자치구에 가서 치료된다면 그때는 다른 환자들도 모조리 몰려가는 상황이 벌어질 것이다.

"소송은 안 될 테고."

엄밀하게 말하면 이건 이권의 문제이지 리지스 측이 피해 입은 것은 없다.

경쟁사의 물건이 만들어지는 것까지 막는 법은 당연히 없으니 패배는 확정적이다.

당연하게도 소송을 걸어 봐야 문제 될 게 없다.

"테러라도 저질러야 하나?"

"사…… 사장님?"

"걱정하지 마. 내가 진짜 테러 하겠다는 게 아니야."

물론 거기로 사람을 보내서 테러를 할 수도 있다.

하지만 그래 봐야 저쪽의 의심을 더 자극할 뿐이다.

애초에 그랬다가는 자신들이 범인이라고 인정하는 꼴이나 마찬가지인 상황이 된다.

"거기에다 그놈들, 방어 병력이 많을 텐데?"

"네. 그놈들이 만일에 대비해서 인디언 경호 회사를 고용했다고 합니다."

물론 전쟁터처럼 총격전이 벌어지고 뭔가 날아다니는 것은 아니지만, 테러를 하러 가면 그곳에서 살아 나올 가능성은 낮다.

그 지역을 누구보다 훤하게 잘 알고 있는 자들이 바로 인디언들이니까.

"이 문제는 다른 방법을 써 봐야겠군."

"다른 방법요?"

"그래. 그건 내가 좀 알아보지."

그는 부하에게 더 이상 자세한 이야기는 하지 않았다.

하지만 그의 머릿속에는 새로운 계획이 구상되고 있었다.

⚖

"아마도 약에다가 수작질을 할 겁니다."

존 쿠디와 주형소를 부른 노형진은 무거운 표정으로 말했다.

그 말을 들은 주형소는 깜짝 놀랐고, 통역을 들은 존 쿠디는 다급하게 노형진에게 질문을 던졌다.

"약에다가 수작질을 한다는 게 무슨 말씀이십니까? 독극물이라도 탄다는 겁니까?"

"그럴 수도 있지요. 아니, 그거 말고는 방법이 없을 테니까 분명 그럴 겁니다."

"어째서요? 그건 살인입니다!"

"살인이지요."

노형진은 심각한 얼굴로 말했다.

"말도 안 됩니다. 아무리 그래도 제약 회사인데……."

"그들이 한국에서는 사람이 죽는 걸 생각하지 않고 로비를 했겠습니까?"

주형소는 아무런 말도 못 했다.

그들은 매년 수만 명이 죽어 나갈 걸 알고도 로비를 했다.

그리고 그 처벌이 이루어지는 중이고 말이다.

"간접적으로 죽느냐 아니면 직접적으로 죽느냐의 차이일

뿐입니다. 그리고 약에 수작을 부린다는 게 꼭 죽인다는 의미는 아니죠."

"네?"

"왜 각국이 따로 비교 검사를 요구할까요?"

"그거야, 미국인의 약이 한국에서도 통한다는 법은 없으니…… 아……."

주형소는 극단적인 부분만 생각하다가 방법이 그것만 있는 것이 아니라는 사실을 깨달았다.

"만민 평등. '모든 사람은 다 같다.'라고 이야기합니다. 하지만 그건 정치적인 구호죠. 유전학적으로 황인과 백인 그리고 흑인은 다릅니다."

쉽게 말해서 백인에게 잘 듣는 약이 황인에게는 잘 안 들을 수도 있다는 거다.

물론 극단적으로 백인 약을 먹는다고 흑인이 죽는 황당한 일은 없겠지만.

"하지만 유전적 차이가 있는 만큼 어떤 부작용이 일어날지 모르는 일이지요."

단순하게는 불면증이 생길 수도 있고, 우울증이 생길 수도 있으며, 설사나 구토 증상이 생길 수도 있다.

"그래서 모든 나라는 자국 내에서 판매 허가를 하기 전에 어느 정도 자국 내 임상 실험 결과를 요구하는 겁니다."

다른 나라에서 이미 멀쩡하게 판매되고 있는 약은 아무래도 그 검증 강도가 약해지기는 하지만, 혹시 모를 부작용에 대한 대비책을 만드는 것이 기본이다.

"미국인들이 이 약을 먹고 한국에서와는 다르게 생각지도 못한 부작용이 나올 수도 있지요."

더군다나 현재 이 약은 미국 FDA의 승인도 받지 않고 팔고 있는 중이다.

만일 여기서 누군가 이 약으로 치료했다가 치명적인 문제가 발생하면 누구도 여기까지 치료하러 오지 않을 테니 당연히 FDA에서 승인을 내 줄 리 없다.

"그들은 과거에 공장을 무너뜨리려고 한 적이 있습니다. 하지만 실패했지요. 그러니 똑같은 짓은 못 하겠지만, 다른 방법을 쓰겠지요. 치료 대상인 암 환자들에게 수작질을 하지는 못하겠지만요."

암 환자들은 오로지 살기 위해 여기까지 온 사람들이다.

그러니 그들이 암 환자들과 결탁해서 약에 뭔가를 할 수 있을 가능성은 낮다.

애초에 암 환자들이 거기에 손댈 일도 없고 말이다.

"물론 치료 이후에 무슨 소송을 할 수도 있겠지만요."

"소송요?"

"네, 아마도 내부에 있는 누군가를 시키겠지요."

존 쿠디가 우울한 표정이 되었다.

"지금 일하는 사람 중 한 명이 되겠네요."

"네, 슬프지만 어쩔 수 없습니다. 그들은 외부인입니다. 인디언이 아니다 보니 여기에 강한 애착이 있을 리가 없지요."

인디언들이 갑자기 의사나 간호사를 뽑아낼 수는 없다.

결국 지금 인디언 보호구역에서 일하는 의사들은 외부에서 고용된 형태로 들어온 사람들이다.

당연하게도 그들은 고용계약이 끝나면 나가야 한다.

"거기에다 여기까지 왔다는 것 자체가 그들이 아주 좋은 사람은 못 된다는 반증이기도 하지요."

어찌 되었건 미국에서 의사는 돈을 엄청나게 버는 직업이다. 그런데 인디언 보호구역의 치료비는 상대적으로 낮다.

이는 의사가 가지고 가는 월급 또한 적다는 걸 의미한다.

"해외에서 온 의사들도 많고요."

"흐흠……."

"그들은 여기에 오래 있을 생각이 없을 겁니다. 당연히 크게 한탕 할 수 있는 기회가 생기면 기꺼이 잡으려 할지도 모르지요."

"하긴 공장에서 뭔가를 할 수는 없겠네요."

의약품 생산 시설은 청결이 아주 중요하다.

현재 의약품 생산 시설에 들어갈 때는 일단 출근할 때 입은 옷을 싹 벗은 다음 위생복으로 갈아입는다.

당연히 원료에 뭔가를 배합하는 것은 불가능하다.

"그러나 약 자체에 수작질을 할 수는 있지요."

"하지만 그게 가능할까요?"

제약 회사도 바보는 아니다.

오염을 최소한으로 줄이기 위해 그들은 모든 방법을 강구한다.

가령 앰플용 용기는 유리로 만들어진다.

그래서 앰플을 부러트릴 때마다 유리 가루가 발생할 가능성이 높다는 경고가 따라붙지만, 수많은 병원들이 사용한다.

이유는 간단하다. 한 번 쓰면 버릴 수밖에 없는 특유의 구조가 오염 방지라는 목적에 부합하기 때문이다.

"우리 상품 같은 경우에도 포장재가 비닐이니 아주 작은 구멍이라도 뚫리면 막을 수 없을 거예요."

신축성이 있는 물건을 쓰면 오염 물질이 들어갈 수도 있기 때문에 모든 약은 신축성이라고는 없는 포장지를 쓴다.

그래서 작은 바늘구멍이라도 하나 나면 거기로 내용물이 샐 수밖에 없다.

"더군다나 모든 약은 아주 엄중하게 관리됩니다."

미국은 약값이 엄청나게 비싸다.

당연히 그걸 훔쳐서 팔 가능성도 존재하기에 모든 약은 전용 냉장고나 창고에 보관하고, 그 열쇠는 철저하게 관리되며, CCTV까지 동원해서 철저하게 관리되고 있다.

"압니다. 사실 어지간한 경우가 아니면 약에 장난은 못 치지요."

물론 약을 꺼내서 환자에게 가지고 가는 와중에 장난을 칠 수도 있겠지만, 병원에 있는 사람이 한두 명도 아니고 사람들 앞에서 약에 장난을 칠 수는 없다.

"그건 그들도 알고 있을 겁니다. 약에는 장난칠 수가 없다는 걸요."

"그런데요?"

"하지만 약을 넣기 위해서는 꼭 필요한 부위가 있지요."

"꼭 필요한 부위?"

"링거주사의 호스 말입니다."

"호스? 아!"

주형소는 노형진이 조심하려고 하는 부분이 어딘지 알아차렸다.

하지만 잘 모르는 존 쿠디는 이해가 가지 않아서 되물을 수밖에 없었다.

"링거주사의 호스라는 게 뭐죠?"

"사람에게 투약할 때 연결하는 줄 말입니다. 그게 호스입니다. 그런데 그게 특성상 신축성이 좀 있습니다."

그럴 수밖에 없는 게, 사람의 움직임에 따라 그것도 함께 휘어져야 하기 때문이다.

특히나 관절 부분을 지나는 경우에는 심하게 꺾이거나 하는 경우도 많다.

"거기에다가 투약을 할 때 다급하면 링거를 통해 하기도 하니까요."

움직이면서 작은 구멍이라도 나면 거기로 약이 줄줄 새어 버리니 곤란하다.

그렇다고 움직이지도 못하고 오로지 호스 하나만 보고 있을 수도 없는 노릇이고.

"그러니까 링거 안쪽에다가 미리 약을 넣어 둔다면 어떨까요?"

"헉!"

그 생각은 못 했는지 주형소는 숨을 삼켰다.

"링거도 개별 포장이지만 사실 그다지 보안이 강하지는 않지요."

약처럼 보안이 필요한 것도, 변질 위험성이 있는 것도 아니니 창고에 보관하는 경우가 많다.

거기에다가 딱히 CCTV를 달아 두는 것도 아니다.

가격이 비싼 물건도 아니니까.

"주사기를 통해 거기에다가 살짝 약만 주사해 두면 그때부터는 일사천리지요. 쓸 때 확인을 한다고 해도 내용물의 파손 정도를 확인하지 포장지의 주사 구멍까지 확인하지는 않으니까요. 투명한 액체를 쓰면 아예 흔적도 안 보일 테고요."

거기에다 누군가를 특정해서 의심할 수도 없다.

가지고 간 사람이 매번 다를 테니까.

"으음……."

존 쿠디는 우울한 눈이 되었다.

"설마 그렇게까지 할까요?"

정작 주형소는 그렇게까지 하지 않을 거라 생각하는 모양이지만 존 쿠디는 고개를 흔들었다.

"그럴 겁니다. 백인들의 욕심을 너무 만만하게 보지 마십시오."

"백인들의 욕심?"

"그렇습니다. 그들은 돈을 벌 수 있다면 무슨 짓이라도 할 겁니다."

"설마요."

아무래도 한국에서 온 주형소는 존 쿠디의 말이 좀 이해가 가지 않는 모양이었다.

노형진은 그런 주형소에게 진실을 알려 주기로 했다.

"미국인들은 미국을 만든 건 개척 정신이라고 하지요."

"그건 유명한 말입니다."

"하지만 그 반증이 바로 눈앞에 있지 않습니까?"

"눈앞에?"

"개척이라는 게 뭐죠? 아무것도 없는 곳에 가서 개발하고 발전시키는 겁니다. 그러면 인디언은 뭘까요?"

주형소는 순간 말문이 콱 하고 막혔다.

"표현은 좋게 포장해서 개척 정신이지만 현실적으로 그들이 한 건 개척이 아니라 약탈입니다. 더 좋은 기술력을 가지고 인디언 수백만을 학살하고 그들의 땅을 빼앗았지요."

"……."

"물론 지금은 그렇지 않을 거라고 생각할 수도 있습니다만, 과연 그럴까요?"

간접적으로 이미 수만을 죽인 자들이다.

자선단체에서 구매해 결국 수십만을 살릴 수 있다는 걸 알면서도 약의 가격을 터무니없이 높이는 게 바로 다국적기업의 본모습이다.

"자본주의사회에서 완벽한 건 없습니다. 특히나 인성에 관해서는요."

"후우."

"거기에다 아까 말했다시피 그걸 맞아서 죽을 필요까지는 없습니다. 단순히 설사만 한다고 해도 FDA는 허가를 내주지 않을 겁니다."

그러면 끝이다.

해당 약품은 미국에 맞지 않는다는 말만 나오면 대부분의 사람들은 여기로 오지 않게 될 것이다.

"물론 소수의 아시아인들은 오겠지요. 그것도 한국 쪽만 말입니다."

여기서 그 작전이 먹히면 그들은 다른 나라에서도 그 짓거리를 할 것이다.

특히나 다른 거대 시장인 유럽은 그들이 어떻게 해서든 지켜야 하는 시장이다.

"돈에는 감정이 없습니다. 하지만 그걸 지배하는 건 인간이니, 인간이 그걸 쥐려고 한다면 뭐든 할 수 있지요."

"하아."

주형소는 긴 한숨을 내쉬었다.

"그렇다면 지금이라도 경비를 늘려야 하는 거 아닙니까?"

"아니요. 그건 의미가 없습니다. 영원히 방어할 수는 없지 않습니까?"

그들이 오염시킬 수 있는 방법은 많다. 진짜 작심하고 환자로 위장하고 들어와서 병원 내부에 악성 세균을 뿌릴 수도 있다.

그 정도 제약 회사라면 소위 슈퍼 세균이라 불리는 일반적인 소독약으로 죽지 않는 세균을 구하는 건 어려운 일이 아닐 테고, 그게 병원 내부에 뿌려지면 병원은 작살난다고 봐야 한다.

"그러니 그들을 확실하게 엮어야 합니다."

"어떻게요?"

"그들이 감염시킬 만한 물건들은 대부분 제2종 창고에 모아 뒀지요."

"설마?"

"네, 그곳에 대한 감시를 허술하게 할 겁니다."

노형진은 고의적으로 오염을 시키는 현장을 잡을 생각인 것이다.

"그리고 그 문제를 가능하면 크게 다룰 겁니다."

다만 그걸 누가 할지는 알 수가 없다는 게 문제이기는 하다.

"하지만 아마 금방 그걸 시도하는 놈이 나타날 겁니다. 그들은 우리가 그 약의 효과를 사람들에게 알리는 것을 싫어할 테니까요. 설사 그게 다른 사람의 죽음을 불러온다고 해도요."

암 환자들은 대부분 지독한 암과 싸우느라 체력이 바닥난 상태다. 병원에 오래 입원해 본 사람이라면 알겠지만 결국 치료라는 것도 체력 싸움이다. 그런 상황에서 설사라도 한 번 하면 암 환자는 진짜로 죽을 수도 있다.

멀쩡한 사람도 심각한 설사를 몇 번 하고 나면 완전히 초주검이 되어 버리는데 암 환자라면 어떻겠는가?

당연히 병과 싸울 체력도 없어질 게 뻔했다.

"끄응……."

주형소는 눈을 찌푸렸다.

"이번에 제대로 잡아서 그들을 엮을 겁니다."

"하지만 그들의 힘이면 충분히 덮을 수 있을 텐데요?"

노형진은 피식 웃었다.

"과연 덮을 수 있을까요?"

⚖️

노형진은 며칠간 병원 감시를 느슨하게 했다.

애초에 병원은 그다지 감시할 일이 없기는 했다.

특히나 제2종 창고, 그러니까 공산품을 쌓아 두는 창고는 딱히 그런 것도 없었다. 그럴 수밖에 없는 게, 거기는 하루 종일 사람들이 들락날락하면서 뭔가를 꺼내야 하는 공간이기 때문이다.

그렇게 며칠의 시간이 지난 뒤 어느 늦은 밤.

어둠 속에서 한 남자가 스윽 움직이기 시작했다.

그는 사람들이 움직이는 것을 확인한 뒤 대부분의 사람들이 잠든 것 또한 확인했다.

그리고 조용히 제2종 창고로 들어갔다.

당연하게도 그곳은 문이 열려 있었기에 쉽게 그 안에 들어간 그는 품에서 작은 주사기를 꺼냈다. 그리고 주사기를 잠시 바라보다가, 약 열 개의 링거주사 호스를 꺼내서 거기에 조금씩 어떤 물질을 주사하기 시작했다.

그렇게 얼마가 지났을까.

모든 작업을 마친 그는 호스들을 원래 자리에 잘 넣고 정리한 뒤 다시 주사기를 품에 감추고 그곳에서 나가려 했다.

하지만 그다음 순간 문이 벌컥 열리면서 한 무리의 사람들이 안으로 들어왔다.

"왕주림 씨, 여기서 뭐 하시는 거지요?"

갑자기 불이 켜지자 당황해서 눈을 데굴거리던 사람, 왕주림은 다급하게 변명을 했다.

"그게, 재고 확인을 할 게 있어서요."

"그래요? 재고 확인을 왜 의사가 합니까?"

"그냥, 간호사들이 힘들까 봐서 그랬습니다."

"미리 간호사들에게 말도 안 하고요?"

"그……게…… 이제 가서 이야기하려고……."

"그래요?"

노형진은 힐끔 시선을 돌렸다.

잔뜩 쌓여 있는 박스들.

"그래서 몇 개던가요?"

"네?"

"지금 재고 확인하고 나오려던 것 아니었나요? 그래서 뭐가 몇 개이고 뭐가 부족하던가요?"

왕주림은 대답을 하지 못하고 눈만 데굴데굴 굴렸다.

지금이라도 세고 싶었지만 이미 그는 몸을 돌린 후라 뒤쪽의 재고 상황이 보이지 않았다.

"아니면 우리 재고에 무슨 짓을 하고 있었던 건가요?"

"아니, 그건 아닙니다."

"아니라고요?"

노형진은 코웃음을 쳤다.

"그래요?"

노형진이 고갯짓을 하자 뒤에 있던 인디언 경비들이 다가가서 그를 양쪽에서 잡았다.

"이게 무슨 짓입니까? 이건 계약 위반입니다!"

"계약 위반은 그쪽에서 했지, 왕주림 씨."

노형진은 그렇게 말하면서 구석을 가리켰다.

"야시경 카메라라고 아십니까?"

"야시경 카메라!"

쉽게 말해서 카메라와 야시경을 연결한 거다.

그런 카메라들은 아주 작은 빛만 있어도 그걸 증폭해서 아주 선명하게 촬영을 한다.

"아주 비싸더군요."

노형진이 가리킨 창고의 구석, 거기에 교묘하게 감춰진 카메라를 본 왕주림은 그대로 얼어붙었다.

워낙 컴컴해서 카메라가 있는 줄 몰랐던 것이다.

"거기에다 내일 중국으로 돌아가는 비행기를 끊어 놓으셨더라고요?"

"……."

"오늘 당직이고 내일은 쉬는 날, 모레는 연차. 아주 잘 짜 놓으셨던데요."

그렇게 해 두면 정작 일이 터졌을 때 그는 현장에 있을 수가 없다. 당연히 의심에서 벗어난다.

이쪽에서 뭔가 이상하다는 걸 알아차렸을 때는 이미 중국으로 돌아가 있을 테고.

"증거가 없으니 미국으로 송환도 불가능하고 말이죠."

노형진은 어깨를 으쓱하며 말했다.

"제약 회사의 힘이라면 중국에서도 제법 괜찮은 자리 하나 얻는 건 어려운 일도 아닐 테고 말입니다."

"아니, 그게 아니라 말입니다……."

"자세한 건 경찰에게 말하시지요."

노형진은 그렇게 말한 뒤 주변을 돌아보았다.

"지금부터 이 안에 있는 모든 물품은 증거입니다. 일절 손대지 마세요."

"전 억울합니다! 진짜로 억울해요! 아무런 짓도 안 했단 말입니다!"

왕주림은 애원하다시피 외쳤지만 누구도 그의 말을 듣지 않았다.

그가 무슨 짓을 하는지 카메라로 모두 다 보고 왔으니까.

"당장 이 새끼 끌고 가요. 그리고 혹시 모르니까 인디언 보호구역 병원에 있는 모든 물품에 대한 전수조사를 명합니다. 만일의 사태에 대비해야 합니다."

그 말에 사람들은 바쁘게 움직이기 시작했다.

노형진은 희미한 미소를 감춘 채로 어두운 창고에서 바깥으로 나왔다.

⚖

얼마 후 경찰에게 끌려간 왕주림은 결국 자신의 죄를 인정할 수밖에 없었다.

너무나 명확하게 자신의 행동이 찍혀 있었기 때문이다.

"당신 미쳤습니까?"

"돈에 눈이 멀어서 그만……. 미안합니다."

"이게 미안하다는 말로 될 일입니까?"

경찰은 버럭 소리를 질렀다.

그럴 수밖에 없는 게, 탄저균 살포에 대한 제보를 받고 움직이던 중 왕주림이 걸려든 것이기 때문이다.

"미안합니다."

"미안하다는 말로는 안 된다니까요! 지금 당신이 어떤 일을 저지르려고 했는지 압니까? 아무리 돈에 눈이 멀어도 그렇지, 사람들한테 탄저균을 주사하려는 사람이 어디 있어요?"

"타…… 탄저균요?"

왕주림은 고개를 벌떡 들었다.

"자…… 잠깐만요! 탄저균이라니요! 그게 무슨 말입니까!"

"이 사람이 어디서 모른 척이야! 너 때문에 지금 나라가 발칵 뒤집어졌어! 알아!"

환자의 링거주사 호스에 탄저균을 주사하는 의사라니.

뒤늦게 사실을 깨달은 왕주림은 당황했다.

'이…… 이런 이야기는 없었잖아!'

탄저균은 미국에서 공포의 대상이다.

테러 단체에서 정치인과 국가 단체에 그걸로 테러를 가했기 때문이다. 그런데 탄저균이라니.

더군다나 탄저균의 치사율은 무려 95%다.

주사 대상이 암 환자인 걸 생각하면 100% 죽을 수밖에 없는 상황이다.

"아닙니다! 아니에요! 탄저균이라니! 나는 탄저균을 주사한 적이 없습니다!"

"개소리하지 말고! 같이 일한 놈들 불어! 지금 거기서만 발견된 줄 알아!"

버럭버럭 소리를 지르는 수사관을 보면서 왕주림은 정신이 아득해졌다.

그에게 그걸 주면서 주사하라고 한 사람은 그게 단순히 구토와 오한 그리고 설사만 발생시키는 약물이라고 했다.

'타…… 탄저라고?'

하지만 탄저라고 하면 이야기가 달라진다.

그는 인디언 보호구역에 탄저병을 뿌리려고 하는 셈이 된거다. 거기에다 다른 곳에서도 나왔다니 그게 무슨 소리란 말인가?

'아니…… 그럴 수도 있겠구나.'

인디언 보호구역에는 그가 일하는 병원만 있는 것이 아니다.

'만일 인디언 보호구역에 탄저병이 발생한다면…….'

수만 명이 죽을 수도 있고, 설사 그렇게 되지 않는다 하더라도 누구도 거기에 접근하려고 하지 않을 것이다.

당연히 인디언 보호구역 병원들은 모조리 망할 것이다.

생각해 보면 그는 돈을 받고 주사하기로만 했지 그게 뭔지 전혀 몰랐다. 그저 단순한 설사약쯤 된다고 듣고 믿었을 뿐, 실제로 그게 뭔지 조사해 본 적은 없으니……

'크…… 큰일 났다.'

왕주림은 얼굴이 사색이 되었다.

"이제야 당신이 뭔 짓을 한 건지 안 거야?"

"그…… 그게 아니라…….."

손이 벌벌 떨리는 왕주림.

"제…… 제가 그걸 가지고 오다가 바늘에 살짝 찔렸는데…….."

"뭐? 뭐? 뭐라고! 이런 씨발!"

순간 조사관의 얼굴은 사색이 되었다.

그리고 비명을 지르며 일어나서 소리를 질렀다.

"바이오해저드!"

"뭐라고?"

"무슨 일이야?"

"이 새끼가 탄저 바늘에 찔렸단다!"

일순 사무실 내부에 침묵이 흘렀다.

그리고 다음 순간, 다들 폭발적으로 움직이기 시작했다.

"당장 사람이 나가는 거 막아!"

"오늘 이 새끼랑 접촉한 사람들 다 불러들여!"

"이 새끼 격리해!"

순식간에 창문이 닫히고, 누군가는 전화기에 대고 목청이 터져라 소리를 질렀다.

"바이오해저드! 바이오해저드! 오늘 잡혀 온 사람이 탄저병 감염 위험이 있답니다! 당장 사람을 보내 주세요! 이 지역 모조리 봉쇄하세요!"

사방이 삽시간에 비명으로 가득해지는 것을 들으며, 왕주림은 공포에 젖은 미소를 띤 채 울었다.

"으흐흐흐흐……."

그의 얼굴은 죽음의 공포로 가득했다.

⚖

"감사합니다, 요원님."

노형진은 병원 내부에서 나가지 못하고 누군가에게 감사의 인사를 건넸다.

"요원님이 아니었다면 저희도 큰일 날 뻔했습니다."

노형진은 병원 내부를 둘러봤다.

완벽하게 밀폐된 병원. 그곳에 1급 세균 방호복을 입은 사람들이 돌아다니고 있었다.

"운이 좋았습니다. 익명의 제보가 아니었다면 탄저균이 전국으로 퍼질 뻔했습니다."

요원 역시 방호복을 입고 노형진을 만나고 있었다.

"그런데 미친놈 아닙니까? 탄저균이라니."

"그러니까요."

요원은 질려 버렸다는 듯 말했다.

"아무리 돈이 좋아도 그렇지."

"돈? 그 왕주림의 개인 범죄가 아니었나요?"

"그랬으면 제보가 들어올 리 없지요."

요원은 고개를 흔들며 말했다.

"지금 저희 FBI 지국도 봉쇄되고 난리가 났습니다."

"네? 왜요?"

"그 미친놈이 주사를 놓다가 바늘에 찔렸다고 하더군요."

당연히 그 안에 있던 사람들도 감염 가능성이 있으니 바깥으로 나갈 수가 없었다.

"그 녀석도 몰랐던 모양입니다. 거대 제약 회사들이 그걸 주사하면 천만 달러를 준다고 했다는군요."

"천만 달러요?"

"네. 이유는 뭐, 아시겠지요?"

노형진은 신음을 흘렸다.

"다른 곳은 어떻게 되었답니까?"

"일단 다른 곳에서는 범죄 흔적이 발견되지 않았습니다. 제보대로 이곳부터 시작이었던 모양입니다."

어찌 되었건 탄저균이 사용된 곳이니 미국의 CDC, 즉 질병 관리국이 이곳을 봉쇄하고 완벽하게 검사하고 소독을 하기 전까지는 누구도 나가지 못할 것이다.

"그 제보한 사람은 누구인가요?"

"그건 알 수 없습니다. 하지만 추정하기로는 회사 내부의 관련자가 아닐까 합니다. 그들 입장에서도 이건 미친 짓이었을 테니까요."

"하긴 그렇겠지요. 통제가 벗어나면 도대체 몇만 명이나 죽었을지……."

"그러니까요."

고개를 절레절레 흔드는 요원.

"일단 안전을 위해서라도 이곳에서 나갈 수는 없습니다."

"알고 있습니다."

"사건이 진행되면 다시 말씀드리지요."

"부탁드립니다."

요원이 나간 후에 노형진은 침대에 벌러덩 누웠다.

"탄저병이라……. 하! 기가 막히는구먼."

누가 봐도 노형진은 피해자였다.

하지만 현실은 좀 달랐다.

'역시 뻥카는 쓸 만하다니까.'

사실 애초에 탄저균을 살포한다고 제보한 것이 노형진이었다. 물론 직접 하지는 않고, 추적 불가능한 방식으로 신고했지만 말이다.

당연하게도 탄저병은 없었다.

아무리 상대방에게 엿을 먹이기 위해서라고 하지만 노형진이 미치지 않고서야 그런 위험한 세균을 뿌릴 리 없다.

하지만 미국은 과거 백색 소포라고 불리던 탄저병을 이용한 테러의 주무대였고, 그래서 미 정부는 탄저균이라는 말에 기겁을 했다.

탄저균은 그냥 사람이 많이 죽거나 치사율이 높다는 말로 표현하는 것으로는 부족할 정도로 독한 세균이다.

만일 탄저균이 발생하면 그 지역을 포름알데히드에 담갔다가 뺐다고 할 정도로 소독하지 않으면 절대 사라지지 않으며, 숙주가 없어도 100년은 버티기에 조심해야 한다.

실제로 그 백색 테러로 다섯 명이나 죽은 미 정부는 탄저라는 말에 당장 난리가 났고, 제보대로 현장에서 주사가 이루어지자 바로 관련 병원들을 모조리 봉쇄했다.

그 제보에는 특정 병원을 언급한 게 아니라 인디언 보호구역 병원들이라고 표현했기 때문이다.

'거기에다 FBI 지부까지 감염된 줄 안다 이거지?'

물론 검사를 하면 탄저병이 아니라고 밝혀질 것이다.

하지만 그때까지 못해도 일주일 이상은 지나야 할 것이다.

시도가 주사만으로 이루어졌는지, 아니면 누군가 병원 내부에 탄저 가루를 뿌렸는지 알 수가 없으니까.

어쩌면 2주 이상으로 길어질 수도 있다.

'그리고 그동안 언론은 신나게 떠들겠지.'

미리 언론에도 제보를 해 놨으니까.

언론에서는 긴가민가하겠지만, 인디언 보호구역 병원들이 모조리 봉쇄되고 심지어 FBI 지부 건물까지 봉쇄된 상황에서 탄저가 아닐 수도 있으니 기다려 보자고 할 리 없다.

"어디 보자……."

혹시나 해서 뉴스를 틀어 보자 아니나 다를까, 언론에서 속보로 그 소식이 전해지고 있었다.

－오늘 인디언 보호구역에 있는 병원에 일제히 CDC가 출동하여 봉쇄하는 사건이 벌어졌습니다. 제보에 따르면 해당 병원에 대해 탄저병 테러 시도가 있었다고 합니다. 그뿐만 아니라 현재 FBI 지부 중한 곳 역시 갑작스럽게 CDC 봉쇄가 이루어졌습니다. 탄저균 유포 용의자를 옮기는 중 균에 노출된 게 아닌가 하는 의심이 들고 있습니다. 현재 FBI와 CDC는 어떠한 언급도 하지 않고 있지만…….

"아주 신나게 까고 있네."

일이 이쯤 되면 아무리 다국적기업이라고 할지라도 막을 수는 없었다.

"흠, 그럼 일주일짜리 휴가를 좀 즐겨 볼까?"

노형진은 꿈지럭거리면서 침대로 기어들어 갔다.

오랜만에 낮잠을 잘 시간이었다.

"탄저라니…… 이 무슨……."

크루거는 당황해서 말이 안 나왔다.

정보가 샌 건 이해가 간다. 하지만 탄저라는 건 완전히 금시초문이다.

그가 아무리 돈에 미쳤다고 해도 병원에 탄저를 뿌릴 놈은 아니다.

하지만 언론에서는 탄저를 뿌리는 미친놈이 나타났다고 계속 보도하고 있었다.

그리고 그 범인으로는 중국인 의사가 체포되어 조사 중이라고 보도되고 있으니 그게 무슨 상황인지 모를 리 없다.

"안 되겠어. 일단은 이곳을 뜨자."

그는 다급하게 미국을 뜨려고 했다.

그가 준 건 탄저균이 아니라 정말 설사만 유도하는 약물이었지만, 이런 변명이 통할 상황이 아니었다.

아니, 통해도 문제다.

어찌 되었건 그가 테러를 지시한 건 사실이니까.

"뭐지? 어떻게 안 거야?"

그는 눈을 찡그리면서 바깥으로 나갔다.

하지만 이내 발걸음을 멈출 수밖에 없었다.

"크루거 씨? FBI에서 나왔습니다."

"FBI? 왜요?"

크루거는 애써 모른 척했지만 이미 요원들은 반쯤 눈이 돌아가 있었다.

테러를 한 것도 모자라 지부 하나가 통째로 날아가게 생겼다.

거기에 있는 사람들의 숫자를 생각하면 얼마나 죽을지 겁이 날 지경이다.

"이 새끼야, 몰라서 물어?"

"아니, 난 모릅니다! 진짜 몰라요!"

"입 닥치고! 수갑이나 차! 넌 지금 여기서 안 쏴 죽이는 걸 다행이라고 생각해!"

"아니, 난 모릅니다! 몰라요!"

크루거는 모른 척하고 싶었지만 이미 탄저에 감염되었다고 생각한 왕주림이 모든 걸 이야기한 후였다.

그 자신도 이용당했다고 생각한 것이다.

만일 왕주림이 탄저병을 가지고 중국으로 돌아갔다면?

위생이 열악한 중국은, 농담이 아니라 몇십만 단위로 사람이 죽을 수도 있는 일이었다.

"나는…… 나는 아무것도 안 했습니다! 안 했어요!"

크루거는 애타게 부정했지만 그를 기다리는 것은 기자들의 카메라 플래시뿐이었다.

얼마 후 탄저 사건은 흐지부지되었다.

일단 탄저균 자체가 없었으니까.

하지만 탄저균이 없었을 뿐이지, 크루거와 다국적기업이 성우와 인디언 보호구역의 병원들에 타격을 주기 위해 고의적으로 의료사고를 일으키려고 한 게 드러났다.

아무리 그들이 돈을 뿌려도, 탄저 사건과 엮여서 소문이 났기에 도무지 덮을 수가 없었다.

그리고 미국에는 징벌적 손해배상 제도라는 아주 좋은 제도가 있다.

"그리하여 피고는 원고 성우제약과 인디언 연합체에 징벌적 손해배상으로 각각 1억 3천만 달러와 2억 7천만 달러를 배상하라."

크루거는 털썩 주저앉았다.

그 정도면 회사가 휘청거릴 정도의 금액이었으니까.

그리고 그게 자신이 저지른 일 때문이니, 회사는 당연히 자신에게 손해배상을 청구할 것이다.

크루거는 이를 악물고 최대한 조용히 재판정을 나왔다.

변호사는 억울하다며 재심을 청구하겠다는 의사를 기자들 앞에서 밝히고 있었지만, 크루거는 할 말이 없었다.

하지만 눈앞에 있는 사람을 보자 속에서 열불이 올라왔다.

"네놈은……."

사진으로만 본 적이 있는 동양인. 바로 노형진이었다.

"기분이 안 좋으신가 봐요?"

"……."

노형진은 피식 웃었다.

"웃기지 않아요? 세상의 병을 치료하는 게 제약 회사의 의무인데 그 존재 자체가 사회의 가장 악질 질병이 되었다는 게?"

"너…… 넌 언젠가 후회하게 될 거다."

"똑같네요."

"뭐가?"

"범죄자들이 경찰한테 하는 말이랑 아주 똑같다고요."

"크윽……."

크루거는 부정할 수가 없었다.

후회하게 해 준다고 말은 했지만 그는 이제 할 수 있는 게 없다. 커리어를 지키기는커녕, 손해배상을 해 주고 나면 생존도 불투명해질 판국이니까.

"당신 같은 사람을 잘 알죠."

노형진은 마치 호수처럼 고요한 눈빛으로 크루거를 바라보았다.

"당신 같은 사람은 사회의 암 같은 존재지. 그리고 세상이라는 곳에는 그에 맞는 약이 있고."

노형진은 크루거에게 다가가 작게 속삭였다.

"당신은 사회의 질병이야. 난 치료제고 말이지."

"크윽."

"덤비고 싶어? 덤벼. 질병이 이기는 순간은 절대 오지 않을 테니까. 너같이 사회를 좀먹는 질병과, 난 영원히 싸울 각오가 되어 있으니까."

크루거는 고개를 숙인 채 아무런 말도 하지 못했다.

문화는 정신을 지배한다

"그들이 움직이네."

"그들이라고 하면 누구 말입니까?"

갑작스러운 호출, 그것도 새벽 호출에 눈에서 눈곱도 떼지 못하고 나온 노형진은 유민택에게 반문할 수밖에 없었다.

"대동."

그리고 그 말은 남은 잠을 싹 쓸어 내기에 충분했다.

"확실한 겁니까? 아직 움직일 때가 아닌 것 같은데요. 그쪽에서 다음 전쟁을 준비하기에는 아직 충분한 시간이 지나지 않은 것 같은데?"

노형진의 함정에 치열한 내전에 빠져서 지금은 잠시 쉬고 있는 대동그룹.

지난 싸움이 너무나 격했기에 쉽게 다시 싸움을 시작하지 못할 거라 생각했는데 벌써 움직인다는 것은 의외였다.

"확실해. 아마 조만간 대대적으로 한번 붙을 거야. 그게 뭔지는 아직 모르겠지만. 그리고 내전이라는 것은 원래 오래 쉬지 않지 않나."

"그건 그렇지요."

내전은 원한 게임이다.

원한은 사라지지 않는다.

그래서 각 국가가 휴전을 하면 오래가고 가끔은 휴전에서 바로 정전으로 넘어가기도 한다.

한국 같은 경우는 공식적으로 전쟁 중인 휴전 국가이고 말이다.

"신동성과 신동우가 오래 참지는 않을 거라 생각하기는 했지요."

노형진은 고개를 끄덕거렸다.

결국은 벌어질 일이라는 건 알고 있었다.

다만 그 시기가 언제일지가 문제였을 뿐.

"애초에 오래 쉴 수가 없는 싸움이었지."

잠깐 그들이 숨을 고른다고 해서 화해한 것은 아니다. 그저 서로 물어뜯을 기회를 노렸을 뿐이다.

"지금쯤이면 대충 자금도 어느 정도 확보했을 테고요."

그리고 내부 정리도 끝났을 테고, 외부의 지원도 확보했을 것이다.

결국 남은 것은 내전의 시작.

예상보다 조금 빠르기는 하지만 그래도 이 평화가 영원히 갈 거라고 생각한 적은 단 한순간도 없었다.

"누가 먼저 시작했습니까? 아니, 뻔하군요. 신동성이겠지요."

"어떻게 아나?"

"여전히 신동우가 불리한 상황이지요. 거기에다 신동우에게 가장 강력한 우군이라고 할 수 있는 게 신동하인데, 신동하가 한국과 손잡았다는 걸 슬슬 알고 있을 테니 완벽하게 믿지는 못할 테고요."

결국 신동하를 대신할 수 있는 누군가를 구하려고 할 텐데 그게 쉽지 않다. 어찌 되었건 외부적으로 신동성이 더 유리한 싸움을 이어 가는 것은 사실이니까.

"그러면 우리는 다시 신동우를 도와야겠군요. 당분간은 다시 힘을 빼도록 해야 할 테니까요. 그런데 당장 뭐가 터질 건 아닌 것 같은데 왜 이렇게 늦은 시간에 저를 부르신 겁니까?"

물론 대동의 전쟁이 중요하기는 하다.

하지만 지금 급하게 뭔가를 할 수 있는 것은 아니다.

일단 신동성이 움직이는 걸 봐야 방어 방법이든 공격 방법이든 세울 수 있으니까.

중요한 문제이기는 하지만, 오밤중에 자고 있는 노형진을 불러서 이야기할 만한 일은 아니다. 아직 그들이 본격적으로 움직인 것도 아니니까.

"애석하게도 자네를 신동성 때문에 부른 건 아닐세."

"그러면요?"

"문제는 신동우가 아니야. 신동하지."

"네? 잠깐만요, 신동하요? 아니, 거기서 왜 갑자기 신동하가 왜 튀어나옵니까? 신동하가 무슨 힘이 있다고요?"

"아직 미세하지만 힘이 있지. 그가 위탁받은 주식이 있지 않나?"

"아……."

신동하는 대동의 주력 회사인 대동중공업의 대주주에게 지분을 위임받아서 권한을 행사하고 있다.

대동 중공업뿐만이 아니다. 노형진과 대룡 그리고 일부 투자자들의 위탁을 받아서 대동에 영향력을 행사하는 신동하.

노형진은 문득 불안한 기분이 들었다.

말을 탄 기병을 제압하기 위해서 가장 먼저 해야 하는 것은 바로 그 말을 제압하는 것이다.

신동우는 몇 번이나 신동하에게 도움을 받았다. 그렇다면 신동성이 신동하를 공격하는 것도 이상한 일은 아니다.

"신동성이 신동하를 노리고 있습니까? 일단은 신동하부터 쳐 내고 시작하겠다는 건가요?"

"아직 그건 아니야. 신동하가 부담스럽기는 하지만, 신동성이 신동하를 밀어내려면 신동우와 크게 한판 붙어야 하거든. 신동우도 바보는 아니야. 자신이 그나마 버티는 게 신동하 덕분이라는 정도는 알지. 물론 서로 믿지 못하는 거야 어쩔 수 없지만 그래도 지금은 쓸 만한 카드라고 생각하고 있을 게야. 당연히 신동성이 신동하를 치려고 하면 움직일 수밖에 없지. 그다음이 자신이라는 건 누구보다 본인 스스로가 잘 알 테니까. 물론 신동하를 견제하기 위해서 신동성도 움직이기 시작하기는 했지만, 본격적인 움직임은 아직 없었네."

"그러면 뭐가 문제인가요? 설마 신동우가 미치지 않고서야 먼저 배신을 했을 리는 없고."

"일본의 문화계에서 신동하를 물어뜯기 시작했어."

"일본 문화계에서요?"

"그래."

"그게 어디 한두 번입니까? 애초에 신동하는 일본 문화계에서 이단으로 취급받지 않았습니까?"

노형진은 대동의 눈 밖에 난 신동하를 문화계의 큰손으로 만들어서 강한 힘을 쥐여 줬다.

당연히 전통적인 인맥과 문화를 중요시하는 일본에서는 신동하를 전통도 지키지 않는 이단 취급이었다.

노형진이 별것 아니라 생각하는 듯하자 유민택은 고개를 흔들었다.

"아니, 이번에는 좀 예민해. 아니, 예민하다기보다는 본격적이라고 봐야겠지. 명백하게 신동하를 찍어 내려는 움직임을 보이고 있네. 그저 그런 문제라면 내가 이 시간에 자네를 이렇게 급하게 불렀겠나?"

노형진은 눈을 찌푸렸다.

그 말이 맞는다면 이건 진짜로 심각한 문제다.

노형진이 계획하는 일본의 문화 침략 작전, 그게 신동하와 연관되어 있다.

만일 여기서 그게 실패하면 오랜 계획이 무너질 뿐만 아니라, 자칫 잘못해서 정보가 일본에 퍼지기라도 하면 반한 감정이 극렬해질 것이다.

'사실 반한 감정이 강해지는 거야 상관없지만.'

모 연예인이 한 말이 있다.

나를 이유 없이 싫어하는 놈이 있으면 그놈에게 싫어할 이유를 만들어 주라고.

일본은 지금까지 한국을 이유 없이 싫어했고, 이게 새어 나가서 반한 감정이 생긴다고 한들 노형진에게 하등 피해는 없다.

'하지만 우리가 그동안 공들인 게 다 날아갈 테니 그냥 놔둘 수는 없지.'

노형진은 곰곰이 생각에 빠졌다.

"갑자기 신동하를 찍어 내기 위해 움직인다라……. 그동안 신동하가 해 온 방식을 누군가 알아차렸다는 거군요."

"슬슬 알아차렸다고 봐야 하지 않겠나? 이 정도 일이 커졌는데 말이지."

신동하는 그동안 노형진과 대룡의 도움을 받아 일본 방송계에서 계속 영역을 넓혀 왔다.

지금에 와서는 일본 방송계 내부에서도 상당히 힘을 가지고 있었다.

인기 있는 연예인이 많은 것은 아니지만 가장 빠르게, 가장 확실하게 그리고 가장 효율적으로 상대방을 홍보할 수단이 신동하에게 있다 보니 많은 신인들과 기획사들이 신동하에게 매달리고 있는 상황이었다.

그리고 신동하는 그 사람들을 꼬셔서 이쪽으로 넘어오라고 설득 작업을 하고 있다고 한다.

"어찌 되었건 문화적으로 고립되어 있던 일본 입장에서는 외부의 선진화된 시스템을 들여오려고 하는 신동하가 상당히 거북스러울 수밖에 없겠지."

최소 1년의 연습 기간, 거기에다 경쟁을 통한 데뷔전까지.

기존의 팬들과 함께 성장한다는 콘셉트로는 비교할 수 없는 실력 차 때문에, 반응이 좋은 신인 아이돌은 대부분 신동하 아래에서 나오고 있었다.

'사실 말이 좋아서 팬들과 함께 성장한다는 거지.'

그냥 던져두고 알아서 크라는 식이다.

그렇다 보니 시간만 낭비하는 경우가 많다.

연습해서 실력을 키워야 하는 시점에 정작 행사를 다니느라고 실력이 늘어나지 않으니까.

"연예 기획사들이 뭉친 겁니까?"

"그런 거라면 차라리 대항하기라도 쉽지. 일본 연예 기획
사들의 실력이야 뻔하니까. 문제는 거기에 방송국도 낀 모양
이야. 아니, 엄밀하게 말하면 방송국이 주력이 되겠군."

"방송국요? 아니, 방송국은 또 왜 끼어든 겁니까? 우리가
방송국에 뭔가를 한 적이 없는데요."

"없긴 왜 없나? 인터넷 방송국을 만들고 비디오 대여점을
통해 프로그램을 뿌리면서, 지금 일본 방송국의 시청률이 상
당히 많이 떨어졌어."

"그런가요?"

"그래. 그래서 방송국과 기획사가 뭉쳐서 신동하를 찍어
내기로 한 모양이더군."

생각보다 심각한 상황에 노형진은 턱을 문질렀다.

'이러면 곤란한데.'

신동성이 움직이기 시작한 이상, 곧 신동하의 힘이 필요해
질 것이다.

그런데 지금 신동하가 그들에게 밀려서 세력을 잃어버리
게 된다면 신동우를 도울 수도 없게 되어 내전이 아주 싱겁
게 신동성의 승리로 끝날 것이다.

'그렇게 되면 바로 다음은 한국이지.'

신동성이 한국을 그냥 둘 리 없다.

막대한 기업 자금과 뇌물을 들이밀면서 한국 시장을 점령하려고 할 테고, 당연히 한국 시장은 제대로 저항도 못 하고 밀려 버릴 것이다.

"소속사들에서는 어떻게 한다고 하던가요?"

"신동하 아래에 있는 연예인들을 빼내기 위해서 적극적으로 포섭하는 모양이야. 듣기로는 더 많은 돈과 더 많은 지분, 필요하면 계약 무효 소송에 필요한 돈과 변호사 그리고 위약금도 주겠다고 한다더군."

"상도의가 없는 새끼들이네요."

그런 건 엔터테인먼트조합에서는 금기다.

그런데 그걸 대놓고 한다는 건, 자기들은 신동하를 대놓고 죽이겠다고 표방하는 거다.

"하지만 그 정도만 가지고 흔들릴까요?"

"그게 문제야. 방송국에서 은근슬쩍 출연을 통제하는 모양이야. 그래서 내가 방송국이 주력이라고 한 걸세."

"신동하 아래에 있는 사람들의 출연을요?"

"정확하네."

노형진은 방송국에서 손쓰기 시작했다는 말에 심장이 덜컹거렸다.

'연예 기획사들이라면 어떻게 해 보겠는데.'

일본의 연예 기획사는 영세한 곳이 많다.

물론 국제 레벨의 큰 곳도 많지만, 한국과 비교할 바가 아니다.

'게다가 미다스에 비빌 급도 아니지.'

그러니 이쪽에서 싸움을 건다면 꼬리를 말고 도망갈 것이다.

문제는 방송국이다.

아무리 노형진과 대룡이 힘을 쓴다고 해도 일본의 문화를 이끄는 건 일본 방송국이다.

"그리고 그 돈도 일본 방송국에서 나오는 거겠네요."

"맞아. 그 정도 예산을 가진 연예 기획사는 많지 않지."

"심각하군요."

만일 그 말이 맞는다면 대부분의 연예인들은 말만 소속사 소속이지 사실상 방송국 전속으로 속하게 되는 형태가 되어 버릴 것이다.

아니, 지금도 대부분의 연예인들은 방송에 기대서 살 수밖에 없는 구조다.

"그런 상황이라면 대부분의 연예인들이 흔들릴 테고요. 머리를 잘 썼네요."

계약의 여부가 중요한 게 아니다.

방송국에서 신동하를 죽이겠다고 덤볐다.

당연하게도 그 소문이 도는 이상, 새로운 아이돌을 발굴하기는커녕 기존 연예인들도 그의 품에서 벗어나기 위해 몸부림칠 것이다.

"알게 모르게 신동성을 밀어주고 있는 일본 정부에서 신동하를 그냥 둘 리도 없고. 애초에 방송국들이 끼어들었다는 것 자체가 일본 정부가 손썼다는 의미일세."

"결국 일본 정부에서 우리가 쓰는 수를 조금은 읽었다는 것이겠군요."

물론 아주 자세한 건 모르겠지만, 일단 문화적으로 자신들이 침략하고 있다는 건 알아차렸다는 것이다.

"하긴 일본에서 모를 수가 없죠."

문화 침략을 먼저 한 건 다름 아닌 일본이었다.

일제강점기 당시 힘으로 통치하기가 어려워지자 일본은 문화 통치로 방식을 바꿨는데 그건 다름 아닌 한국의 문화를 말살하는 것이었다.

'그리고 도리어 그게 힘으로 하는 통치보다 효과가 더 좋았지.'

노형진은 그걸 감안해서 작전을 짠 거고 말이다.

"한류가 강하니 그들이 걱정을 하지 않을 수가 없겠지요."

원래 역사에서도 한류는 일본을 거세게 강타한다.

하지만 노형진의 계획에 따라 그 한류는 더욱 강하게 일본을 몰아붙였다.

회귀 전의 한류가 하나의 강처럼 밀려들어 갔다면 지금은 거의 쓰나미 수준이었다.

"이대로는 신동하 아래에 있던 사람들이 다 이탈할 걸세."

"소송으로 배상금을 받아 낼 수야 있겠지만 그것만으로 막는 데에는 한계가 있겠군요."

떠나면서 이쪽에 줄 건 배상금 정도이지만 여기에 있으면 아예 인생 자체가 박살 날 판국이니까.

결국 겁을 줘서 가지 못하게 하는 것은 불가능하다.

"한국 같으면 그런 소송에 걸린 사람은 출연을 막아 버리는데 말이지요."

일본은 그런 거에는 좀 관대하다.

정확히는, 관대하다기보다는 자기 일이랑 상관없다는 식이다.

만일 그런 소송이 걸리면 한국은 그 출연료를 주는 문제가 골치 아프니 아예 출연을 안 시킨다.

하지만 일본은 그냥 아무한테나 출연할 기회를 주고 나중에 소송으로 주고받으라고 해 버린다.

워낙 일본 방송국의 힘이 강하기 때문에 그들도 불만을 이야기하지 못한다.

"영화와 인터넷 매체가 전보다 훨씬 발달했다고 해도 여전히 공중파보다는 그 힘이 약할 수밖에 없지."

유민택은 짧게 자란 수염을 벅벅 긁으며 말했다.

"그러고 보니 급하게 연락을 받으신 모양이군요."

"그래. 지금 한창 대책 회의 중일세. 하지만 우리 쪽 사람들은 별 뾰족한 방법이 없는 모양이야. 다른 나라 다른 기업의 일이 아닌가?"

"그래도 뭐든 얘기가 나오긴 했을 텐데요."

"추가적으로 자금을 투입하자는 이야기가 나오기는 했지만 그걸로 해결될 것 같지는 않아."

더군다나 이제 와서 중국에서 갑자기 막대한 자금이 신동하에게 들어가면 의심을 살 게 분명하다.

"애초에 그 정도 자금을 몰래 보내는 건 불가능하지. 설사 간다고 해도, 방송국들이 작심하고 몰아붙이는데 돈이 얼마나 효과가 있을지 모르겠네."

"그럴 겁니다. 저쪽은 돈이 문제가 아니라 신동하가 일본의 문화의 대표 주자로 나서는 게 싫은 거니까요."

차라리 기존 방식을 답습하면서 신동하가 대표로 나섰다면 문제가 되지는 않았을 것이다.

하지만 신동하는 한국의 한류 방식을 모방하면서 한국의 문물을 적극적으로 받아들이고 있는 상태다.

지금까지 문화적 갈라파고스화를 유지하면서 자신들의 시장을 지켰던 방송국이나 문화 관련 인물들 입장에서는 두려운 상황이다.

"자네 생각은 어떤가? 이대로 놔둘 수는 없겠지?"

"없겠지요. 일단 제가 일본으로 건너가 봐야겠군요."

이곳에서 얻을 수 있는 정보는 한계가 있다.

그곳에 가 봐야 확실한 정보를 얻을 수 있다.

"아직 모든 준비가 덜 되어 있는데요."

"애초에 문화 침략이라는 작전이 쉽게 될 거라 생각하지는 않았잖나?"

"그건 그렇지만요. 지금 상황은 상당히 다급하기는 하네요."

이런 식으로 저쪽에서 막겠다고 덤비면 그때는 아무리 그들이라고 해도 안으로 파고드는 데 한계가 있을 수밖에 없다.

"여차하면 바로 다음 작전을 시작해야 할지도 모르겠네요."

"다음 작전을?"

유민택은 걱정스럽게 말했다.

장기적인 계획이기는 하지만 그래도 바로 다음 작전에 들어간다는 건 너무 위험하기 때문이다.

"뭐, 그래도 상관은 없습니다. 결국 다음 작전도 하나의 과정일 뿐이라 속도를 조절할 수는 있으니까요."

"그런가? 이거야 원……. 나도 대기업을 운영하는 사람이지만 자네의 수 읽는 방식에는 못 이겠다니까."

고개를 흔드는 유민택.

하지만 노형진은 진지한 자세를 고치지 않았다.

"그들이 제대로 움직이기 전에 먼저 가서 상황을 확인해 봐야겠습니다. 그래야 정확한 방어법을 찾을 수 있을 것 같네요."

거대한 해일처럼 몰려오는 공격이 노형진의 미간이 저절로 찡그러지게 만들고 있었다.

노형진이 일본으로 신동하를 만나러 갔을 때, 그는 정신없이 바쁜 상태였다.

아니, 바쁜 정도를 넘어서 거의 멘탈이 붕괴되어 가고 있는 상황이었다.

"아케치 상, 갑자기 이러시면 어떻게 합니까? 아니, 저희가 잘못한 것도 없지 않습니까? 물론 아케치 상의 사정은 이해합니다만 저희가 아무리 그래도……. 아케치 상? 아케치 상!"

신동하는 갑자기 통화가 끊어지자 수화기를 내던지고는 긴 한숨을 내쉬면서 얼굴을 문질렀다.

"후우, 이런 씨팔."

"한국 욕도 할 줄 아시네요?"

노형진이 문 앞에서 말하자 고개를 힘겹게 돌린 신동하의 얼굴에 바싹 마른 듯한, 습기라고는 하나도 없는 미소가 떠올랐다.

"응? 아, 노 변호사님. 오셨군요."

신동하는 힘들게 비척비척 일어났다.

그의 얼굴은 단 며칠 사이에 완전히 푹 썩어 있었다.

"정신이 없나 보군요."

"정신없는 정도가 아닙니다. 이건 아예 눈치도 안 보고 우리를 죽이겠다고 덤비고 있습니다."

"제가 모르는 상황이 있나 보군요."

신동하는 마른세수를 하고는 눈짓을 했다.

자신과 함께 사무실에서 나가자는 거다.

그런 두 사람을 바라보는 직원들의 얼굴에는 공포감이 가득했다.

그들도 바보가 아니니 지금 벌어지는 상황이 어떤 건지 모르지는 않는다는 의미일 것이다.

그런 곳에서 안 좋은 이야기를 해 봐야 사기만 떨어질 게 뻔하다.

더군다나 이렇게 직원이 많은 곳에서는 누가 스파이인지 알 수도 없으니까.

"좋습니다. 일단 나가서 이야기하지요. 어디 좋은 데 아시는 곳이 있나요?"

"아주 끝내주는 곳이 있습니다. 이제야 한국에서 얻어먹은 맥주를 갚네요."

노형진은 고개를 끄덕거리면서 밖으로 나갔다.

그런데 그들이 향한 곳은 노래방이었다.

"설마 동네 노래방 하나에까지 다 감시 카메라를 달 리는 없으니까요. 노래방이라 방음도 확실하니 작은 목소리로 말하면 외부에서 감청도 불가능할 겁니다."

노형진의 눈앞에 음료수 하나를 놓으면서 힘겹게 웃는 신동하.

"좋은 생각이네요. 도대체 일이 어떻게 되어 가는 겁니까? 대룡의 유민택 회장님에게 간단하게 이야기는 들었습니다만."

"아무래도 자세한 이야기는 못 들으셨을 겁니다. 자세한 이야기를 할 정도의 시간은 없었거든요."

신동하는 입술을 깨물었다.

"방송국이 끼어들었습니다."

"그건 저도 들었습니다. 이번에 아주 작심하고 끼어든 모양이더군요."

"소문으로는 저 때문에 방송국에서 부장급 이상 회의가 벌어졌다고 합니다. 하긴 지금까지 일본 문화의 전반을 다 쥐고 흔든 게 방송국이었으니 당연히 제가 눈 밖에 날 수밖에 없지요."

노형진은 고개를 끄덕거렸다. 그건 그 또한 예상한 상황이니까.

"슬슬 일본 내부에서도 이상 징후를 감지하는 놈이 있을 거라고는 생각했는데, 아무래도 그 사람이 좀 높은 사람인가 보군요."

"그런 것 같습니다."

일본에서 방송국의 파워는 어마어마하다.

물론 한국 역시 어마어마하다.

하지만 공중파이기에 영향력이 강한 대한민국의 방송과 다르게 일본의 방송국의 파워는 좀 다른 의미로 어마어마하다.

쉽게 말해서 일본의 방송국은 일본 문화 전반을 지배하는 입장이다.

연극이면 연극, 영화면 영화 등등 개별적으로 자생하는 한국의 문화와 달리 일본은 드라마부터 영화까지 모든 것이 일본 방송국의 휘하에 있다.

그나마 자유로운 게 연극 정도인데, 일본에서 연극은 그다지 규모가 크지 않은 시장이다.

그런데 신동하는 한국 문화적 공격의 첨병이다.

연예인들을 한국식 방식으로 키우다 보니 기존 세력과 비교도 할 수 없을 정도로 퀄리티가 높다.

게다가 일본의 홍보 전략을 모르는 것도 아니다 보니 적절하게 섞어서 압도적으로 세력을 늘려 나간다.

"지금까지는 조용히 잘해 왔다고 생각했는데요?"

"슬슬 일본 방송국도 위협을 느끼는 모양입니다."

조금씩 커지는 한국 방송 시스템. 자신들이 방송을 해 주지 않아도 비디오 가게를 통해 뿌려지는 어마어마한 한국의 방송.

당연하게도 현재 일본 방송보다 전체적으로 퀄리티가 높다 보니 그 수요가 적지 않아, 이제는 일본 대여점의 수익의 40% 이상이 거기서 나오는 수준까지 갔다.

"거기에다 인터넷 드라마도 마찬가지고요."

심각한 갈라파고스화로 인해 외부에 거의 먹히지 않는 일본의 프로그램들.

그에 반해 한류의 전 세계화를 거치면서 세계로부터 그 퀄리티를 인정받은 한국 제작 프로그램들.

"당연히 연예인들은 한국 제작 퀄리티를 더 선호하기 마련이고요. 그러던 중 결정적으로 작년에 만들어진 〈벚꽃이 필 무렵〉과 〈나는 그녀에게 돌아간다〉가 일본 방송계에 심각한 피해를 줬습니다."

"지랄하는군요."

일본의 문화계 중 영화계는 심각한 타격을 입었다.

그럴 수밖에 없는 게, 일본 방송국은 영화를 좋아하지 않는다. 엄밀하게 말하면 영화는 공중파의 라이벌 같은 존재니까.

현재 일본의 영화 대부분의 투자 비용이 영화사가 아닌 방송국에서 나오다 보니 제대로 된 영화를 찍는 게 쉽지 않다.

그러던 와중에 노형진이 투자한 영화가 바로 〈벚꽃이 필 무렵〉과 〈나는 그녀에게 돌아간다〉였다.

"방송국과 정치권에서 상당히 불편해했지요."

"그건 기억합니다. 하지만 정작 영화는 초대박이 났고요."

지금까지 정치권과 언론 그리고 방송국은 어떻게 해서든 일본을 2차대전의 피해자로 규정하고 그런 영화를 만들어 왔다.

"하지만 그 두 개는 전혀 다른 방향이었으니까요."

〈벚꽃이 필 무렵〉이라는 영화는 2차대전 당시에 전쟁으로 헤어진 두 남녀의 사랑 이야기다.

다른 영화라면 사랑이 메인으로, 그들이 고난을 사랑으로 이겨 나간다는 내용일 것이다. 하지만 〈벚꽃이 필 무렵〉에서 사랑은 부차적인 문제였다.

그들은 커플이고 서로를 그리워하기는 한다.

지금까지의 일본 영화와 비슷한 클리셰였다.

하지만 그들의 사랑은 생존이라는 그림자 안에 가려져 있다.

기존 영화가 두 남녀를 통해 일본이 피해자라는 것을 보여 줬다면, 이 영화는 두 남녀가 떨어져 각자 생존을 위해 싸우면서 그 과정에서 얼마나 멀어지는지 보여 준다.

엔딩도 확실하지 않다. 열린 결말이라고 해야 할까?

다른 영화들이 남녀가 다시 만나 키스하며 해피엔딩을 맞는 전개인 반면, 이 영화는 두 사람이 다시 만나기는 하지만 서로에게 다가가지도 못하고 그저 바라보다 끝날 뿐이다.

전쟁터에서 죽고 죽이며 변해 버린 남자.

남자들이 전쟁터에 끌려간 후 공장 노동자로 변해 버린 여자.

두 사람의 아름다운 시절은 사라지고, 극도의 피로와 낯선 느낌만 남은 마지막 장면.

일본인이 피해자인 것처럼 보이지만 그 안을 파고들면 일본 정치인들이 제대로 정치를 하지 못해서 벌어진 일을 교묘하게 고발하는 듯한 영화였고, 그동안 제대로 된 영화가 없었던 일본에서는 큰 반향을 일으켰다.

그들이 사랑할 때와 같은 것이라고는 처음 헤어질 때와 다시 만날 때 흩날린 벚꽃뿐이었다.

반대로 〈나는 그녀에게 돌아간다〉는 현대를 배경으로 하는 영화다. 제목을 보면 마치 2차대전 이야기 같지만 여기서 '그녀'는 연인이 아닌 어머니다.

일상에 치여 5년째 가족에게 가지 못한 사람들의 이야기.

결혼도, 저축도 하지 못하고 그저 하루하루 살아가는 남자와 여자의 이야기다.

이들은 커플도 아니다.

그들은 썸은 타지만 그 이상은 가지 못한다.

그들은 일에 치여서 성욕마저 잃어버린 일본의 현시대를, 살아가는 현실을 반영한다.

그리고 그들이 돌아간 곳은 결국 모든 걸 내려놓고 낙향한 부모가 사는 곳이었다.

젊은 세대가 갈려 나가기는 한국이나 일본이나 마찬가지였기 때문에 그 영화는 일본뿐만 아니라 한국에서도 큰 반향을 일으켰다.

수십 년 만에 국제영화제에 진출하고 난리가 났지만 일본 언론은 조용했다.

일본에서 가장 싫어하는 부분을 정면으로 지적했으니까.

"지금까지 일본에서 절대 보여 주지 않던 부분을 정면에서 찍었으니 좋게 볼 리가 없지요."

일본은 기존 질서를 부정적으로 표현하거나 문제를 지적

하는 것이 전혀 없었다.

아니, 그런 걸 만들 수 있는 기회 자체를 주지 않았다.

만일 그런 걸 만들어도, 지원을 모조리 끊어서 결국 고사 시킨다.

하지만 이 두 편의 영화는 그 안에서 살아남았고, 지금까 지 단 한 번도 이루어지지 않았던 일, 즉 일본 권력층을 교묘 하게 까는 데 성공했다.

2차대전도 너희들의 뻘짓 때문에 일어난 거고 지금 이 꼴 도 너희 뻘짓 때문이라고 말이다.

당연히 일본 정부와 권력자들 그리고 그들과 손잡은 방송 국에서는 그걸 좋게 볼 수가 없다.

사실 그것만 성공한 거라면 문제가 안 된다.

문제는, 그 이후에 그러한 감춰져 있던 사회 고발성 영화 시나리오가 미친 듯이 튀어나오고 있다는 거다.

"하긴 그 이후에 투자 신청이 어마어마하게 늘었지요?"

월급쟁이에 지나지 않는 일본 영화감독들, 그들에게 새로 운 기회가 생기자 그들은 너도나도 새로운 영화를 시도하기 위해 도전했다.

사회 고발성 영화가 아니라고 하더라도 기존 일본 영화 질 서에 속하지 않는 파격적인 시나리오들이 모조리 신동하에 게로 몰려들었고 그중에서 몇 개는 이미 제작 중이었다.

말 그대로 문화적 쿠데타 같은 상황이었다.

"조만간 우리 영화의 영화관 상영률이 방송국을 따라잡을 겁니다."

"결국 방송국 쪽이 위협을 느끼고 신동하 씨를 쳐 내기로 했나 보군요."

"네."

"어쩐지 말도 안 되는 소리로 위협을 하더라니."

노형진은 심각한 표정으로 소파에 등을 기대었다.

"이 상황에서 가장 부담스러운 건 연예인들의 방송 출연이 막히는 겁니다. 아까 전에 제가 통화하는 거 혹시 들으셨나요?"

"아케치 상인가? 그 사람하고 통화하셨지요?"

"네, 그 사람 모 방송국의 메인 PD입니다. 저랑 막역한 사이입니다."

막역한 사이라면 아마도 어지간한 문제는 덮어 줬을 것이다. 그런데 아까 상황을 보면 전혀 그렇지 않은 듯했다.

"설마, 무슨 일이 벌어진 건가요?"

"아케치 상이, 지금 자기 프로그램에 출연하는 연예인들을 빼야 한다고 하더군요."

그들은 아마도 신동하의 회사에 속한 사람일 가능성이 높다.

"아케치 상도 그나마 친하기 때문에 저한테 연락을 미리 해 준 겁니다. 아마도 조만간 다른 곳에서도 우리 회사 소속 연예인들에 대한 퇴출 명령이 떨어질 겁니다. 미리 이야기도 없이 하차 통지가 떨어지겠지요."

노형진은 턱을 문질렀다.

'결국 이렇게 되는군.'

언젠가는 벌어질 거라 생각하기는 했다.

하지만 거기에 신동성이라는 존재가 끼는 것은 전혀 예상하지 못했다.

"기본적으로 제 힘은 엔터에서 나옵니다. 이 상황대로라면 신동성이 모든 사람들을 쓸어 갈 겁니다."

"이 경우는 소송을 해도 그다지 좋은 결과가 나올 가능성은 높지 않겠군요."

일단 소속사의 가장 큰 목적은 연예인을 케어해 주고 그를 방송에 출연시키거나 하는 것이다.

하지만 현 상황에서는 소속사가 정반대의 효과를 불러오고 있다.

"소송을 하면 소속 연예인들에게 유리한 판결이 나오겠군요."

"그럴 겁니다. 더군다나 장기적으로는 인터넷 프로그램에 출연할 배우들을 찾기 힘들 겁니다."

인터넷에 출연했다는 이유로 다른 방송의 출연을 막는 건 흔한 일이다.

실제로도 한국에서도 그 일은 벌어지고 있다.

각 방송사는 방송사 자체적으로 경연 프로그램을 제작해서 틀어 주는데, 그 경연 프로그램을 통해 데뷔한 사람들은 다른 방송사에서 절대 출연을 시켜 주지 않는다.

사실 장기적으로 보면 서로가 서로의 출연자들을 출연시키는 게 맞다.

그래야 인기도 오래가고 반쪽짜리 취급을 받지 않으니까.

하지만 각 방송국이 자존심 싸움 때문에 출연을 시키지 않아, 그 때문에 경연 프로그램 출신들은 알게 모르게 큰 손해를 보고 있었다.

'그놈의 줄 문화.'

그러니까 방송국도 협박을 하는 거다.

자신의 줄에 서라고 말이다.

'그러니까 경연 프로그램이 죄다 망하지.'

지금이야 우후죽순 유행하지만 회귀 전에는 경연 프로그램에 출연하는 경우 그 불이익으로 다른 곳에 출연할 수 없다는 소리가 나오자 실력자들이 도리어 기피하는 현상이 생겨, 자연히 프로그램이 재미없어지면서 경연 프로그램의 소멸로 이어졌다.

하물며 한국도 그 지경인데 일본 방송국들이 자신들의 라이벌인 인터넷 방송을 통해 활동하는 사람을 웃으면서 초대할 가능성은 거의 없었다.

"이대로 그냥 있으면 우리가 피해가 클 겁니다."

"지금 당장 계약 해지될 일은 없지요?"

"어찌 되었건 전속 계약이 되어 있으니까요. 물론 이 상황에서는 소송전은 피할 수 없을 겁니다. 일단 소송전만 들어

가도 저희에게는 심각한 타격이 될 거구요."

하지만 신동성과 방송국이 결탁했으니 조만간 대대적으로 소송이 들어올 것이다.

'이긴다고 해도 타격은 심각하겠지.'

일단 나가지 않는다고 해도 결국 방송 출연이 막히는 최악의 사태를 피할 방법은 없으니까.

"일단 최선을 다해서 방송국을 설득해 보세요. 저도 한번 최대한 방법을 찾아보겠습니다."

노형진은 지끈거리는 머리를 부여잡으며 고민하기 시작했다.

⚖

"복수재단은 어때?"

손채림은 노형진을 도와주기 위해 일본까지 왔다. 이 상황에서 가장 필요한 것 중 하나가 바로 인맥일 테니까.

그리고 노형진의 인맥을 관리하는 게 그녀의 업무였다.

"복수재단은 무리야. 나도 그 생각은 했지."

복수재단과 정보길드의 합작 형태는 한국의 부패한 자들에게는 공포 그 자체였다.

누가 어떻게 정보를 파는지 알 수 없으니 보복을 할 수도 없으니까.

"하지만 일본 문화는 그런 게 아니라서 말이지."

물론 복수재단이 일본에 들어가지 못하리라는 법은 없다.

그러나 자신이 모시는 사람에게 절대적으로 충성하는 것은 일본인들의 불문율이다.

"물론 몇몇은 거기를 뒤집기는 하겠지만 말이야. 아무래도 우리가 원하는 정보를 가지고 오기에는 부족하겠지. 일단 방송국이라는 특정한 적의 정보를 가지고 오겠어?"

"그런가?"

"거기에다 만일 그런 일이 생기면 일본인은 그 일을 감추려고 하기보다는 위에 보고할 거야."

"보고?"

"그래. 일본인의 성향이 그래."

개인이 아니라 사회의 부품이다.

물론 인간인 이상 욕심이 없는 것은 아니다.

그러니 누군가는 그걸 쓰기는 하겠지만, 당장 상황이 급한데 그걸 막을 수 있을 정도의 제보가 들어오기를 원하는 건 무리다.

"거기에다가 우리가 정보를 모은다는 제보가 들어오면 어떻게 해서든 우리를 죽이려고 하겠지."

한국과 다르게 일본에서는 복수재단도 조용히 세력을 키워야 하는데, 그러면 치명적인 문제가 된다.

"하지만 그것 때문에?"

"아니, 그것 때문은 아니야. 정확하게 말하면 일본은 상급자의 부패에 대해 아주 관대해."

"관대해?"

"그래. 한국과 다르지."

가령 한국 정치인들이 10억씩 뇌물을 받는다고 치자.

한국 사람들이 그걸 모르지는 않는다.

오히려 대부분의 정치인들이 뇌물을 받을 거라고 예상한다.

쉽게 말해서 공공연한 비밀인 셈이다.

"하지만 그게 드러났을 때는 문제가 되지."

받을 거라 예상하는 것과 진짜로 받았다는 것은 전혀 이야기가 다르다.

당연히 그 사실이 밝혀지는 순간 사방에서 그를 몰아내기 위해 엄청나게 공격한다.

"몰랐으면 모르되 알고는 그냥 못 넘어가는 게 한국인의 속성이지."

하지만 일본인은 다르다.

안다고 해도 딱히 저항하거나 그를 몰아내려고 하지 않는다. 상급자에 대한 저항이나 항의는 불경이기 때문이다.

"전에도 말하지 않았나? 정치인이 방송에 나와서 성추행했다고?"

"아, 기억나. 그러네. 그딴 식이면 복수재단의 존재가 그다지 효과를 발휘하기는 힘들겠네."

방송에 나와서 여자 아나운서의 엉덩이를 만지작거린 정

치인은 멀쩡하게 정치를 하는데, 정작 그 아나운서는 방송사에서 퇴출되었다.

그때 싫은 티를 내고 손을 막았다는 이유에서였다.

"그러면 다른 방법으로 압박을 줘야 하는데 뭐가 있지?"

"그러게. 그게 쉽지 않아."

이쪽이 충분히 성장했다면 출연진에게 파워 게임을 걸 수 있다. 하지만 지금은 힘들다.

물론 세계의 규모가 크기는 하지만, 그렇다고 해서 일본의 규모가 작은 것도 아니다.

사실 세계 무대에 진출해서 성공하면 터무니없는 돈을 손아귀에 쥘 수 있지만, 일본에서도 중박만 터지면 적지 않은 돈을 만지며 살 수 있다.

"솔직히 말해서 방송국을 막을 만한 방법이 하나도 없네."

노형진은 머리를 긁적거렸다.

"으엑? 아니, 한국의 방송국에는 엿을 제대로 먹였던 노형진이 그런 말을 하다니 놀랄 노 자인데?"

"워낙 상황도 다르고 규모가 다르니까. 최소한 한국 방송국은 문화 전반을 쥐고 흔드는 건 아니거든."

하지만 사실상 일본의 문화를 지배하는 건 일본 방송국이다.

'본격적으로 전면전은 무리야. 그렇다고 뒤에서 장난을 치자니, 분명히 그게 먹힐 만한 상황은 아니고.'

물론 일어날 거라 예상했던 일이기는 하다.

그래서 그에 대한 대비책을 세우고는 있었지만, 애석하게
도 그 대비책은 완성된 것이 아니었다.

　"그러면 전에 말한 그 계획을 좀 서두르는 건 어때?"

　"그것도 감안은 하고 있어. 하지만 그걸 하기에는 심각한
문제가 있어. 그걸 하려면 기본적으로 일본 방송국이 조금
더 흔들려야 해. 하지만 지금 일본 방송국이 흔들리는 상황
은 아니잖아."

　그때까지 기다리자니, 저쪽에서 본격적으로 방어에 나섰
으니 불리한 것은 이쪽이다.

　그러니 가능하면 이쪽에서 선공을 하기는 해야 하는데.

　"그들을 흔드는 게 쉽지가 않단 말이지."

　"마이스터와 미다스가 본격적으로 투자하는 건?"

　"이미 하고 있는 상황이잖아. 애초에 그런다고 해서 갑자
기 시장이 커지지는 않을 거야. 더군다나 신동하의 뒤에 마
이스터와 미다스가 있다는 걸 알 텐데 일본 방송국이 그 투
자를 받으려고 하겠어?"

　"PD 같은 사람들을 깡그리 고용하면?"

　노형진은 고개를 흔들었다.

　그도 잠깐이나마 한 생각이다.

　그들이 제작자니까, 그들을 빼면 방송국은 분명 흔들릴 것
이다. 아무리 날고뛰어도 일할 사람이 없는 조직은 붕괴할
수밖에 없다.

"하지만 그건 한계가 있어."

"한계?"

"그래. 지금 PD나 감독은 내가 데려올 만한 사람들이 아니야. 일본 문화의 특징 알잖아. 이미 자리 잡은 사람들은 그 문화에 길들여지고 그 안에서 성공한 자들이야."

"아아, 무슨 소리인지 알겠네."

지금 인터넷 방송과 예능이 인기를 끄는 가장 큰 이유는 완전히 굳어 버린 일본 방송과 달리 참신하고 깔끔한 소재가 많기 때문이다.

무리한 국뽕도, 오버하는 것도 없다.

그저 자연스럽게 연기하고 자연스럽게 스며든다.

"하지만 지금까지 방송국에서 활동해 온 사람들은 대부분 기존의 일본 방식에 익숙한 사람들이야. 아무래도 그들이 온다고 하면 도리어 우리가 일본 방송과 비슷해지겠지."

그러면 유리해지는 건 저들이다.

이쪽에는 이쪽만의 색이 있다.

그걸 가지고 싸우는 건데 그 색을 잃어버리게 할 수는 없다.

"물론 재능이 있는 소수의 사람들이 없는 건 아니지. 그들을 빼 오는 것도 우리에게는 도움이 될 수 있어. 하지만 PD 한두 명 빼내는 걸로는 일본 방송국을 어떻게 막을 수가 없어."

특출나게 천재적인 PD들이 이끌어 가는 형태가 강한 대한민국의 방송도 그다지 타격이 없는데, 거의 정형화되고 시스템화되어서 개인적 재능이 들어갈 여지가 없는 일본의 방송 형태를 보면 그들을 뺀다고 해도 다른 사람이 금방 빈자리를 메울 것이다.

"더군다나 일본은 스타 PD라는 게 없잖아."

일본의 PD는 평범한 직장인이다.

한국처럼 이 사람 작품은 믿고 본다는 개념이 일본에 없는 것은 아니지만, 개개인 스스로가 창작자라는 개념보다는 직장인이라는 개념이 강해서 쉽게 조직에서 나오려고 하지 않는다.

"그런 상황에서 PD를 섭외하는 건 별로 의미가 없을 것 같은데."

노형진은 머리를 긁적거렸다.

물론 창의력이 없는 사람이 없는 것은 아니겠지만 먼 미래도 아니고 당장 싸워야 하는데 머리가 굳어 있는 PD를 빼내는 것은 아무래도 한계가 있다.

"그러면 다른 방법은 없을까? 필수 인원을 빼내야 방송국에 타격이 갈 텐데."

"그렇지. 절대적으로 필수 인원을 빼내야만 하지. 그게 가능하면 방송국이 흔들릴 테니 당연히 바로 다음 작전으로 들어갈 수 있지."

노형진은 고개를 끄덕거렸다.

하지만 딱히 빼낼 만한 필수 인원은 없어 보인다.

"연예인은 안 되고 PD도 안 되고……."

"그 아래에 있는 사람들은?"

"그것도 힘들지 싶은데?"

회사라는 조직에는 당연히 승진이라는 코스가 있다.

FD라는 조연출로 시작해서 최종적으로 PD가 되는 것이 그 과정이다.

그런 환경에서 중간에 회사를 박차고 나와 뭔가를 한다는 것은 쉬운 일이 아니다.

"더군다나 일본의 성향을 생각하면 더더욱 그렇지."

만일 아랫사람이 자신에게 반기를 들고 나가는 경우 그 보복을 하는 것이 일본의 문화다.

그걸 뻔하게 알면서 그 사람들이 나갈 가능성은 극히 낮다.

"방송국이라는 게 이렇게 아성이 높았나?"

"수십 년 동안 권력 그 자체가 되어 버린 방송이야. 그들이 권력과 결탁했는데 그리 쉽게 무너지겠어? 차라리 정치인들이 훨씬 공격하기가 쉬워."

정치인들은 결국 투표라는 심판 방식이 있지만 애석하게도 방송국은 투표 같은 게 없으니 심판도 불가능하다.

"한국을 생각해 봐. 권력자들이 가장 먼저 손에 넣으려고 하는 게 왜 언론이겠어? 내가 전에 말했잖아, 언론은 견제받지 않는 권력이라고."

"끄응."

아무리 정치를 잘해도, 설사 나라를 한 100년쯤 발전시킨다고 해도 언론에서 자기편이 아니라고 인식하는 순간 그는 나라를 팔아먹은 천하의 역적이 된다.

　반대로 나라를 한 100년쯤 후퇴시킨다고 해도 언론에서 포장만 잘하면 그 사람은 구국의 영웅이 된다.

　"물론 후대에 가서는 그 판단이 달라질 수도 있지만……."

　"최소한 현재는 절대적으로 언론의 힘에 끌려간다 이거지."

　"그래. 특히나 방송은 절대적이지."

　정보를 마음대로 찾아볼 수 있는 인터넷, 인터넷에 의해 힘을 잃어버리고 있는 신문과 다르게 방송은 방송국에서 이야기하는 정보를 무조건 수용하는 수밖에 없다.

　"바보상자라는 말이 농담이 아니라니까."

　물론 과거에 TV가 바보상자라고 불린 이유는 그것만 보다가 공부를 안 하는 것 때문이었지만, 지금은 TV의 정보만을 맹신하다가 결국 망한다고 해서 바보상자라고 불린다.

　"뭐야, 그러면 프로그램 생산 자체를 못 하게 하는 건 불가능한 건가?"

　"가능할 리 없지. 그게 가능할 리가……."

　노형진은 그 말을 하다가 문득 어떤 생각이 들었다.

　'그러고 보니 그 사람들 이야기가 없었네?'

　방송 현장에 가면 가장 많이 보이는 사람.

　하지만 가장 관심을 받지 못하는 사람.

방송에 투자도 했고 출연도 했던 노형진의 경험상 그들이 없는 곳은 없었다.

하지만 대부분의 경우, 그들에 대한 대우는 그다지 좋지 않았다.

"그러고 보니까 아까 투자 이야기를 했지?"

"그렇지."

"하지만 방송국은 투자를 안 받을 게 뻔하고."

"그렇지."

노형진의 말에 손채림은 고개를 끄덕거렸다.

"그러면 다른 곳에 투자하는 건 어때?"

"응? 그게 무슨 소리야?"

"아니, 생각해 보니까 다른 곳에 투자하면 방송계를 막을 수 있을 것 같아."

"뭐라고?"

노형진의 말에 손채림은 고개를 갸웃했다.

"다른 곳? 방송계는 하나의 거대한 이권 단체라면서? 그런데 그들을 어떻게 제압한다는 거야? 애초에 그게 가능하기는 해?"

"보통은 불가능하지."

노형진은 눈을 반짝였다.

과거에 스쳐 지나가면서 들었던 말이 있다.

"하지만 어쩌면 방법이 있을지도 모르겠어, 후후후."

토착종의 천적은 외래종

미다스의 일본 방송 진출. 그 사건은 일본 방송계를 흔들었다.

물론 처음에는 다들 말도 안 된다고 생각했다.

아무리 그래도 일본 방송에 진출할 방법이 없다고 생각했으니까.

하지만 한국에서 공식적으로 마이스터 한국 대변인이라는 노형진이 온 것이 알려지면서 상황이 바뀌었다.

그가 한국 대변인인 것은 사실인데 정작 일본에는 마이스터와 미다스를 대신하는 사람이 없다.

그 말은 그가 일본에서도 마이스터와 미다스를 대신한다는 뜻이었다.

노형진이 지금까지 일본은 여러 번 왔지만 지금처럼 대놓고 시끄럽게 온 것은 처음이기에 당장 일본 방송국들은 난리가 났다.

그럴 수밖에 없었다.

당장 노형진을 방해하려고 뭉친 상황이었으니까.

"노형진 상! 지금 일본 방송계에 미다스가 진출할 계획이라는데 사실입니까?"

"그렇습니다. 미다스가 일본 방송에 진출할 예정입니다."

그 말에 기자들은 크게 술렁거렸다.

그럴 수밖에 없는 게, 몇몇은 방송국 기자들이었기 때문이다.

"하지만 정부에서 승인해 주지 않을 텐데요?"

"일단 시도는 해 볼 생각입니다. 물론 그건 정부와 협의를 통해 해결할 생각입니다."

"시도라는 게 무슨 말입니까? 채널을 배당받을 생각이라는 겁니까?"

"그건 아닙니다. 정확하게 표현하자면 채널을 하나 구입할 예정입니다."

"……!"

한국도 그렇지만 일본도 유료 채널이 많다.

당연하게도 그중에는 제대로 수익도 내지 못하고 적자만 보는 방송국들도 있다.

"그런 곳을 몇 개 사서 정상화시킬 것입니다."

"정상화?"

"정확하게는 특정화시킬 예정입니다."

"특정화라는 게 뭡니까?"

노형진은 잠깐 고민하다가 살짝 미소를 지으며 말했다.

"간단하게 말해서 그 채널을 특화시킨단 말입니다. 가령 특정 채널에서는 하루 종일 한류 음악 방송이 나오는 식으로 말입니다."

"이런 미친!"

"빠가야로!"

몇몇이 극렬하게 반응했다.

노형진은 그들을 보고 속으로 피식 웃었다.

'딱 보니까 극우 쪽이구면.'

안 그래도 지금 어떻게 해서든 외부에서 들어오는 걸 막으려고 공격하는 게 그들이다.

그런데 그들을 무시하듯이 아예 대놓고 들어오겠다고 하니 다들 기겁을 하면서 난리가 난 것이다.

"그러면 지금 일본의 방송에서 미국 방송을 틀어 주겠다는 겁니까?"

"그건 협의를 해 봐야겠지요. 현재는 인터넷에서 만들어진 프로그램들 중 양질의 프로그램을 틀어 줄 생각입니다. 아, 물론 공짜입니다."

"공짜?"

"그렇습니다. 저희는 월 수신료를 받을 계획이 없습니다. 다만 그 안에 들어가는 광고비로 수익을 창출할 계획입니다."

안 그래도 인터넷에서 나오는 프로그램 중 일부는 반응이 공중파보다 훨씬 좋아서 머리 아파 죽을 것 같던 방송국 입장에서는, 그걸 공짜로 방송으로 뿌리겠다는 노형진의 말에 등골이 오싹해졌다.

'하지만 그건 기본이지.'

물론 그런 계획이 없는 것은 아니다.

하지만 진짜 목적이 따로 있었던 노형진은 살짝 웃으며 기자들에게 말했다.

"물론 자체 프로그램을 개발할 생각도 하고 있습니다."

"자체 프로그램이라고 하신다면?"

"일본 방송국에는 다양한 인재들이 있는 것으로 알고 있습니다. 그들을 데리고 새로운 종합 채널을 만드는 것이 바로 우리의 목표입니다."

새로운 종합 채널.

다들 침묵을 지켰다. 그게 돈이 어마어마하게 들어가는 일이라는 걸 알기 때문이다.

'문제는 돈이지.'

하지만 상대방은 다름 아닌 미다스와 마이스터다.

돈이 없어서 방송국을 못 만든다는 것은 말도 안 된다.

"방송국을 만들어서 방송을 무상으로 뿌리고, 거기서 광고를 틀어서 수익을 창출한다는 말씀이시군요."

"맞습니다. 한국처럼 말입니다."

"그러면 직원 모집은 언제부터 하실 생각입니까?"

"당연히 지금부터 해야지요. 그래야 가능하면 빨리 오픈하지요."

노형진은 웃으면서 마지막 쐐기를 박았다.

"'경력자 대환영'입니다."

⚖

미다스의 일본 진출은 잠잠하던 일본 방송계에 심각한 경고로 받아들여졌다.

그럴 수밖에 없다.

"한국도 버거워 죽겠는데 미국까지 온답니다! 그게 말이나 됩니까? 그런 일이 벌어지면 우린 어쩌란 말입니까?"

"이건 막아야 합니다! 어떻게 해서든 막아야 합니다!"

"하지만 무슨 수로요? 지금 미다스 정도 되면 그냥 느긋하게 방송국 쇼핑해도 될 판국입니다! 망해 가는 방송국이 한두 개예요?"

일본의 유료 채널은 수백 개가 넘는다.

그들이 다 흑자를 보는 곳은 아니니 당연히 마이스터와 미다스에게 기꺼이 방송국을 넘길 가능성이 높다.

"정부에다가 뭐라고 해 봐요!"

"그게, 정부에서도 거래하는 것까지 막을 수는 없다고……."

"장난합니까?"

지금 방송국의 대회의실에서는 여러 방송국의 사람들이 모여서 심각하게 회의를 하고 있었다.

하지만 그 분위기는 결코 좋지 않았다.

"아마 이것도 노형진 그 작자가 한 짓이겠지요. 미다스와 연결된 것은 그 인간이니까요."

"크으."

"감히 조센징 주제에."

각 방송국에서 나온 대표들은 심각한 표정으로 울분을 토해 냈지만 사실 딱히 방법이 없었다.

"신동하 그놈을 건드리지 말라는 의미일까요?"

"그럴 가능성이 높지요. 하지만 이대로 말라 죽을 수는 없지 않습니까?"

일본의 방송은 상당히 갈라파고스화가 심했다.

그래서 외부의 프로그램이 거의 판매되지 않았다.

심지어 외부에서 들어오는 모든 방송은 일본에 맞게 무조건 더빙을 해야 팔 수 있을 정도였다.

그런데 그런 상황에서 외부의 씨앗, 그러니까 해외 전문 방송국이 생긴다는 것은 치명적인 문제였다.

"한국 채널이 생긴다고 하면 좋은 소리는 못 듣겠지요?"

"그럴 겁니다."

한국 방송에서는 자신들이 어떻게 해서든 감추고자 하는 비밀을 계속 틀어 줄 것이다.

안 그래도 얼마 전에 천황가의 추문이 터지는 바람에 전 세계적으로 창피란 창피는 다 당했다.

그런 상황에서도 그 일을 감추기 위해 자신들이 얼마나 노력했는데, 외부 세력이 들어오면 방법이 영영 없어진다.

"한국뿐만이 아닙니다. 우리가 감추는 모든 것이 드러날 가능성이 높습니다."

일본 방송의 궁극적 목적은 바로 국민들의 우민화다.

하지만 그게 성공하기 위해서는 국민들이 다른 곳에서 정보를 얻지 못해야 한다.

그런데 해외 방송국이 생기면 이야기가 달라진다.

국민들이 해외 방송을 보고 일본의 현실을 알게 될 가능성이 높기 때문이다.

"안 그래도 젊은 세대 때문에 우리도 곤혹스러운 상황인데……."

자랑스러운 일본 문화 대신에 한류라는 거품에 눈먼 젊은 세대가 기존 세대에 자꾸 반기를 드는 것이 현실이었다.

수십 년간 일본 정치를 유지시킨 것은 우민화 정책이었다.

국민이 똑똑해질수록 기존 권력자들이 자리를 지키기 힘들어지기 때문이다.

그래서 지금까지 그러한 우민화 정책을 유지해 왔는데 이런 식으로 방송에 들어오면 자신들이 곤란해진다.

그래서 어떻게든 상황을 반전시키려고 노력했다.

당연하게도 한류의 선두에 선 신동하가 첫 번째 표적이었다. 일본의 방식이 아니라 한류 방식으로 연예인을 키웠기 때문이다.

물론 그게 그들과 연관이 있는 것은 아니었다.

어떤 식으로든 인기 그룹이 나오면 그들에게도 돈이 들어오니까.

문제는 신동하가 이끄는 사람들은 그들에게 성 상납도, 뇌물도 주지 않았다는 것이다.

그들 자체가 국민들의 우민화를 깨지는 않는다.

오히려 그들 자체만 보면 우민화를 도와준다.

문제는, 국민들이 그들에게 관심을 가지다가 결국 한국에 관심을 품게 된다는 것이다.

한국 자국민들이 보기에는 한국은 말 그대로 지옥처럼 보이지만, 현실적으로 한국은 국민들이 정치에 참여하는 몇 안 되는 아시아 국가 중 하나이다.

더군다나 그 문제를 빼더라도 자극적으로 만들어질 뿐이지 깊이가 없는 일본 방송에 비해 한국 방송은 계몽적인 부분을 강조하기 때문에 프로그램 자체가 비교당할 수밖에 없다.

말초적 본능을 추구하는 일본 방송.

계몽적이고, 힐링과 정신적 여유를 추구하는 한국의 방송.

그중 어느 게 수준이 높아 보일지는 뻔하다.

그것만으로도 기분 나빠 죽겠는데 방송국이 아닌 인터넷을 통해 인기를 얻으니 그들의 입지가 점점 좁아지고 있었다.

"그렇다고 우리가 그냥 물러날 수는 없지 않습니까?"

"당연하지요! 우리가 여기서 물러난다면 분명 저들은 우리를 만만하게 볼 겁니다."

"가장 좋은 방법은 채널을 사지 못하게 하는 건데……."

하지만 적자투성이 유료 방송국이 너무 많은 게 문제였다.

한국에 공중파가 있고, 케이블이 있고, 유료 채널이 있듯이 일본도 마찬가지다.

그나마 케이블방송 정도만 되어도 그 규모가 크지만, 유료 채널 중 몇몇은 규모가 터무니없이 작은 곳도 있다.

그런 곳은 벌써 오래전에 방송한 것을 사다가 끊임없이 틀어 주거나 자극적인 성인물을 틀어 주면서 수익을 창출한다.

당연하게도 그걸로 제대로 된 수익이 날 리 없어서 대부분의 회사들은 적자 상태이거나 적자를 간신히 면하는 수준이었다.

"그런 곳이라면 아마 채널을 어렵지 않게 넘길 겁니다."

그걸 막으려면 일본 정부가 나서야 한다.

문제는 미다스라는 존재다.

소문에 따르면 미다스와 CIA가 아주 긴밀한 관계라고 했다.

미국이라고 하면 일단 꼬리부터 말고 보는 일본 정부가 미다스를 막기 위해 채널의 판매를 허가하지 않을 리 없다.

"후우, 일단 그 문제는 나중에 해결합시다. 우리가 여기서 떠든다고 해서 막을 수 있는 것도 아니고."

결국 상위 몇 개 방송국이 모인 이번 회의에서 미다스를 막을 만한 방법은 없어 보였다.

"일단은 정부에다가 우리 의견을 전달해야 할 것 같습니다."

몇몇이 눈을 찌푸렸다.

그 말은 정부에 뇌물을 줘야 한다는 소리니까.

하지만 상황이 급하니 어쩔 수 없다고 생각했는지 대부분은 고개를 끄덕거리는 것으로 동의할 수밖에 없었다.

모두가 그렇게 호들갑을 떨고 있을 때 누군가가 의외의 말을 했다.

"그런데 말입니다, 너무 그렇게 급하게 걱정하지 않아도 되지 않을까요?"

"그게 무슨 말이오? 한국 놈들이 이쪽으로 넘어오려고 저 난리인데!"

"압니다. 하지만 아무리 미다스라고 해도 돈이 넘치는 건 아니죠. 장기적으로는 문제가 되겠지만, 단기적으로는 이렇게 호들갑 떨 필요 없다고 생각합니다."

"어째서?"

"그들이 살 만한 방송국은 뻔하지 않습니까?"

수많은 방송국 중에서 적자에 시달리는 작은 방송국을 살게 뻔하다.

아무래도 채널의 이미지를 신경 쓰느라 기존에 포르노와 같은 자극적인 프로그램을 틀어 주던 채널은 구입하지 않을 테니, 음악 채널이나 뮤비 채널을 살 가능성이 제일 높다.

"그런 곳이 적자인 건 다 이유가 있지 않습니까?"

아무리 인터넷 인프라가 잘 안된 일본이라고 해도 인터넷이 무의미한 건 아니다.

거기에다 음악 같은 건 파일 용량이 얼마 안 되는 것이 사실이다. 영화 하나를 한 시간에 걸쳐 받는다고 해도 음악 하나는 길어야 2~3분 정도면 받을 수 있다.

"그래서 그 채널들이 적자인 거고요."

"본론만 말해요! 본론만!"

"결국 그런 채널들은 인지도가 없습니다. 아무리 마이스터가 돈을 넣는다고 해도 인지도를 올리는 건 쉬운 일이 아니죠."

"흠?"

"그렇지 않습니까?"

사람은 자신의 관심 사항이 아니면 딱히 그 채널을 찾아보지 않는다.

그래서 그 채널을 구입하면 홍보도 해야 하지만 사람들이 보도록 만들기도 해야 한다.

"하지만 그게 쉽지 않지요. 콘텐츠가 재미있어야 그 방송을 본다고 하지만, 그건 어디까지나 어느 정도 인지도가 있을 때의 이야기입니다. 그렇다면 아예 인지도가 안 생기게 하는 건 어떨까요?"

"인지도가 안 생기게?"

"한국의 문화는 아직 일본에서 주류가 아닙니다."

결국 해당 방송국을·광고를 해야 사람들이 관심을 가지고 보기 마련이다.

"자기들이 좋아서 찾아보는 몇몇은 이미 오염된 상태이니 되돌릴 수 없겠지만요."

'오염'이라는 말에 다들 고개를 끄덕거렸다.

방송국 관련자들이 보기에 그건 정확한 표현이었다.

한국에서도 일본 빠를 좋아하지 않는 걸 생각하면 말이다.

"그러니까 우리는 그들에 대한 어떠한 이야기도 하지 말아야 합니다."

"경고가 아니라?"

"우리는 경고지만 시청자가 보기에는 그냥 홍보죠."

아무리 나라가 망한다고 떠들어 봐야 사람들에게 그 존재를 알려 줄 뿐이다.

"차라리 아예 나쁜 말도 막자?"

"그렇습니다. 당연히 신문사 쪽과 이야기해서 그쪽도 기사를 쓰지 말라고 하는 겁니다. 물론 마이스터 쪽에서 광고를 넣을 테지만요."

그것까지는 막을 수 없다. 그건 돈의 문제니까.

하지만 대부분의 사람들이 신문을 볼 때 광고는 쉽게 쉽게 넘어간다. 그걸 보고 진지하게 그 채널을 찾아보는 사람은 드물다.

"무관심 전략이라……."

그 말에 다들 고개를 끄덕거렸다.

호들갑을 떨기는 했지만 그의 말이 틀린 것은 아니다.

"그들의 존재 자체를 가리면 누구도 알지 못할 겁니다."

설사 실패한다고 해도, 그들이 홍보비에 어마어마하게 돈을 쓰게 된다면 그것도 나름의 이득이다.

"좋은 생각이군요."

"우리도 관련 이야기를 철저하게 막도록 하겠소."

그들은 서로를 보면서 고개를 끄덕거렸다.

자기들의 이권을 지키기 위해서라면 못 할 일이 없었다.

⚖️

그들이 엉뚱하게 미다스가 방송국을 사는 것을 걱정하고 있을 때 노형진은 다른 방송국 사람을 만나고 있었다.

하지만 애초에 노형진은 그들의 시선을 끌기 위한 미끼였다.

물론 방송국을 안 살 것은 아니지만 그건 외부적인 타격을 위한 것이었다.

그러나 어떤 조직이든지 외부의 타격보다는 내부의 타격이 더 아픈 법이다.

즉, 진짜 목표는 방송국이 아니라 현재 신동하를 노리는 방송국에서 일하는 사람들이었다.

"나미프로덕션으로 이직요?"

"그렇습니다. 저희 쪽으로 오신다면 최고의 대우를 해 드리겠습니다."

"최고의 대우라니요? 월급을 올려 주신단 말입니까?"

유이치는 침을 꿀꺽 삼켰다.

그가 방송국에서 나름 잘나가는 작가이기는 하지만 월급은 언제나 박봉이었다.

딱 먹고살 만큼의 금액만 받는 그에게 돈을 더 준다는 말은 언제나 대환영이었다.

'더군다나 다른 사람도 아니고 미다스라고 한다면?'

그도 방송국에서 일해서 소문은 들어 본 적이 있다.

돈이 얼마나 넘치는지 마당에 낙엽을 태울 때 돈도 같이 태운다는 황당한 소문부터, 미국에서 기업 하나를 날려 먹었다는 현실성 넘치는 소문까지.

설마 그가 돈을 안 줄 것 같지는 않았다.

하지만 그다음 말에 유이치는 숨이 넘어갔다.

"광고 판매량의 1%입니다."

"네? 잘못 들은 것 같습니다만?"

당황한 기색이 역력한 얼굴로 물어 오는 유이치.

그럴 수밖에 없다.

그에게 인센티브라는 개념은 말도 안 되었으니까.

정확하게 표현하자면 인센티브라는 걸 모르는 게 아니다.

하지만 살아오면서 단 한 번도 인센티브를 받아 본 적이 없다.

프로그램이 대박 나면 약간의 보너스를 받기는 하지만 그게 인센티브는 아니었다.

영화를 찍는 영화감독조차도 인센티브는커녕 월급쟁이 신세를 못 벗어나는데 누가 작가에게 인센티브를 주겠는가?

"광고 수입의 1%입니다."

"과…… 광고 수입의 1%요?"

"네. 작가님께 드리는 것만 계산한다면요."

"잠깐, 그러면 다른 사람에게도 준다는 말씀이신가요?"

"네. 정확히는 작가님을 비롯하여 작가님의 팀원 전원에게 10%의 인센티브를 드릴 겁니다. 그리고 작가님께는 따로 1%를 드리는 겁니다."

"저…… 저한테요? 왜요?"

유이치는 손이 바들바들 떨렸다. 너무 파격적인 조건이다 보니 더럭 겁이 났기 때문이다.

"방송의 핵심은 바로 재미있는 내용이지요. 그걸 구상하는 게 작가의 힘이고요."

노형진이 신동하에게 한 말이 있었다.

-아무리 미장센이니 이미지니 생쇼를 해도, 결국 스토리
가 뒷받침되지 않는 작품은 망합니다.

실제로 그런 작품들이 많았다.
화려한 영상은 잠깐 즐거울 뿐이다. 대표적인 예로 미국의
블록버스터들이 있다.
영상만 보면 망할 수가 없다.
하지만 망하는 작품은 많다.
그 스토리가 사람들에게 뭔가를 전하지 못하기 때문이다.
다 때려 부수는 거야 쉽지만, 사람들에게 뭔가를 전달하는
것은 어렵다.

-재능 있는 작가를 빼 오면 방송의 질은 급격하게 낮아질
수밖에 없습니다. 사실상 기술자화되어 버린 일본 방송의
PD야 메꿀 수 있겠지만, 작가의 영역은 기술보다는 감각의
영역입니다.

즉, 작가가 없다면 외부의 작가가 들어올 텐데, 그 작가가
실력이 없는 경우 작품 자체가 무너지는 성향을 보인다는 것

이다.

당연히 그건 영화만의 문제가 아니다. 방송 프로그램 역시 그런 경우에 쉽게 흔들리고, 떠난 시청자들은 쉽게 돌아오지 않는다.

그리고 시청률은 광고 수입을 결정하는 가장 핵심적인 요소다.

광고 수입은 방송국을 유지하는 가장 큰 힘이다.

그래서 대부분의 광고 비용은 어마어마하다.

아무리 작은 회사라고 해도 회당 몇백은 넘고, 큰 곳은 회당 몇천이 넘는다.

미다스가 만드는 최초의 일본 방송이라는 점을 감안하면 광고가 어마어마하게 붙을 가능성이 높다.

"물론 그건 작가님이 제대로 하실 때의 이야기지요."

"제가 제대로요?"

"그렇습니다. 저희는 지금까지와 다른 구조의 방송국이 될 것입니다. 자체 팀이 제작하는 형태로 구성됩니다."

자체적으로 팀을 만들고 그곳에서 프로그램을 촬영한다.

물론 아예 제로베이스에서 시작하라고 하는 건 아니다.

속한 사람들에게 기회를 주고, 월급도 주고, 인센티브도 준다.

"당연히 프로그램을 만드는 데 필요한 제작비도 지원합니다. 아, 물론 인센티브가 있기 때문에 월급 자체는 그리 많지 않을 겁니다. 지금 다니시는 곳보다는 좀 더 받으실 테지만요."

"그…… 그러면 뭐가 남는다고요?"

"당연히 사람이 남지요."

프로그램이 잘 만들어질수록 광고 수입이 높아질 것이다.

–돈 아끼지 마세요. 돈 아끼다가 진짜로 모든 걸 날리니까요.

노형진이 신동하에게 한 말이다.

돈을 버는 것도 좋다.

하지만 싸움에서 져서 개털로 쫓겨나면 더 속이 쓰리다.

–일본 방송국은 어떻게 해서든 막으려고 할 겁니다. 물론 막는 데는 한계가 있지만요. 아마 장기적으로 사업을 하기는 힘들 겁니다. 그리고 애초에 주파수라는 것은 국가의 중요 물자입니다. 국가에서 할당하는 거고요. 아마 제가 그걸 소유한 방송국을 산다고 해도, 심사 기간이 되면 일본 방송국에서 저를 심사에서 떨어트리는 식으로 막으려고 할 겁니다. 결과적으로 저는 손해를 보고 나올 수밖에 없지요.

노형진이 그렇게 될 줄 몰라서 채널을 사는 게 아니었다.

하지만 일본 방송국에서는 노형진이 움직이는 걸 막을 수밖에 없다.

　―저의 행동에 모든 시선이 쏠려 있을 겁니다. 그사이에
방송국에서 일하는 작가들을 흔드세요. 그들은 지금 시스템
에서 거의 수익을 내지 못할 겁니다. 그들에게 적절한 보상
을 약속한다면, 그들이 팀을 이루도록 할 수 있습니다.

　노형진이 노리는 게 바로 그것이었다.
　직원들의 세력화.
　지금까지 일본은 직원들이 세력화된 적이 없다.
　물론 일본의 기업에도 노동운동을 하는 사람이 있고 또 노
조가 있다.
　하지만 대부분의 경우 일본의 노조는 어용 노조이며, 노동
운동을 하는 사람들은 빨갱이 취급을 받는 것이 보통이다.

　―우리의 계획은 그들을 빼내는 겁니다. 일순간 사람들을
빼낸다면, 안 그래도 열악한 일본 방송국의 상황은 말 그대
로 추락할 가능성이 높습니다.

　한국에서도 그랬다.
　종편이 생길 때 갑자기 전문가들이 모조리 빠져나감으로
써 한국 방송의 전반적인 질이 확 떨어진 적이 있었다.

그 당시에 얼마나 상황이 안 좋았냐면, 벌써 10년 전에 승진해서 방송을 놨던 국장급 PD들이 다급하게 일선에 가서 촬영에 임해야 했을 정도였다.

그리고 그날 이후에 방송국의 평균적인 질은 급격하게 떨어졌다.

방송 사고도 훨씬 많아졌고 말이다.

그 과정에서 특정 사이트 출신의 질이 안 좋은 사람들이 들어오면서 사회 모독적인 일도 많이 벌어졌다.

'한순간 나오게 만드는 가장 좋은 방법. 그건 그들에게 거기를 떠나도 갈 곳이 있다는 것을 보여 주는 것.'

그게 노형진의 계획이었다.

그리고 그러한 계획에 유이치는 홀라당 넘어왔다.

"그러면 제가 팀을 이끌어서 나가면 되는 겁니까?"

"네, 오신다면 언제든 환영입니다."

노형진은 미소를 지으며 말했다.

⚖

"지금 방송국 내부에서 이상한 소문이 돌고 있습니다."

방송국 대표 회의, 의장 겐지로는 심각한 표정으로 말했다.

지금까지야 위협이 된 게 없었지만 지금 상황은 너무나도 위협적이었다.

"다들 아시겠지만 미다스가 만드는 새로운 방송국에서 기존에 있던 사람들을 무차별적으로 흡수하려고 하고 있습니다. 이건 그냥 넘어갈 수 있는 수준의 문제가 아닙니다."

"정부에서는 뭐라고 하던가요?"

"회사 자체를 넘기는 것은 자신들이 막을 수가 없다고 하더군요. 다만 다음 심사에서 주파수의 사용 권한을 박탈할 수는 있을 거라더군요."

"그게 가능합니까?"

"가능하기는 합니다만 시간이 오래 걸립니다."

말을 하는 겐지로의 표정도 그걸 듣는 다른 사람들의 표정도 그다지 밝지는 않았다.

"그건 어디까지나 일이 잘될 때의 이야기 아닙니까? 만일 그 전에 그 방송국이 자리 잡으면요? 그때도 취소가 가능하겠습니까?"

"솔직히 말하면 그건 힘들겠지요."

아예 방송국이 제대로 운영되지 않는다면 모를까, 지금 벌어지는 상황을 보면 그럴 가능성은 낮다.

그들도 노형진이 내건 조건을 이미 들었다.

무려 10%의 인센티브. 그리고 작가와 PD에게 각각 1%를 추가로 준다고 한다.

그 조건에 혹한 실력 있는 사람들이 너도나도 떠날 생각만 하고 있었기 때문에 방송의 질이 예전 같지 않았다.

더군다나 그 조건이 까다로웠다.

혼자가 아닌 팀을 이루어서 오는 것이 조건이었다.

당연하게도 작가와 PD는 그들이 봤을 때 재능이 있고 싹수 있는 사람들을 설득해서 팀을 이루기 시작했다.

혼자 나가는 게 아니라 쓸 만한 사람들을 모조리 쓸어버리다시피 해서 데리고 나가 버리니, 쓸 만한 사람은 다 떠나고 쭉정이만 남는 판국이었다.

어떤 프로그램은 메인이 모조리 나가서 남은 게 어리바리하게 사람들 통제나 하던 FD 한 명뿐이었다.

당연히 대단위로 승진을 시켜서 메꾸고 있기는 하지만, 아직 일을 제대로 배우지도 못한 FD들을 승진시켜서 메꾼다고 해서 그들이 처음부터 잘할 수 있는 건 당연히 아니었다.

아니, 몇몇은 기본적인 편집 방법도 몰라서 남은 소수의 PD들에게 일이 몰렸고, 과도한 업무로 인해서 해당 PD들이 과로로 쓰러지는 일까지 벌어졌다.

그들이 쓰러지자 당연히 작품의 질도 떨어졌고 말이다.

말 그대로 총체적 난국 상황이었다.

"일단 회사 내부에서 딴생각을 하는 놈들에게 경고를 해 두는 게 좋을 것 같습니다."

"그걸로 끝나겠습니까?"

"물론 제대로 본을 보이면 좋겠지만……."

문제는 저들이 그만두려고 한다는 것이다.

그리고 그들이 할 수 있는 최고의 징계는 해직이다.

당연히 아무런 효과도 없다.

"다른 때 같으면 다른 곳에도 가지 못하게 못을 박아 두겠지만, 미다스에는 우리 영향력이 미치지 않아서요."

결국 취업을 막는 것도 불가능하다.

"일단은 경고로 끝낼 수밖에 없을 듯합니다."

겐지로의 말에 다들 얼굴에 짜증이 서렸다.

지금까지 방송국을 운영하면서 이렇게 곤란한 적이 없었으니까.

"그깟 작은 방송국이 뭐라고 우리가 이렇게 겁을 먹어야 합니까?"

누군가의 말에 겐지로는 그를 뚫어져라 바라보았다.

"그러면 미다스의 방송국과 전면전을 하실 생각입니까?"

"그야……."

"미다스의 방송국과 어떻게 전면전을 하실 생각입니까?"

"그건……."

"정부에서 허가를 취소할 때까지 그들은 방송국입니다. 우리와 마찬가지로 말이지요."

"끄응."

"물론 그렇다고 해서 우리가 겁먹을 필요는 없습니다. 우리가 가진 가장 강력한 힘이 있지 않습니까?"

"가장 강력한 힘?"

"우리에게는 출연하고자 하는 연예인들이 있지요."

"아하!"

알게 모르게 출연 금지령을 내려 두면 된다.

그들이 전문가를 모조리 빼 간다고 해도, 출연 금지령을 내려 두면 정작 미다스 측에서 제작한 프로그램에 출연할 사람은 없다.

그리고 출연자가 없다면 작품을 만들 사람도 없다.

"조금만 참으시면 됩니다. 그러면 알아서 망해 나갈 겁니다."

모두의 얼굴에 야비한 미소가 떠올랐다.

⚖️

방송국을 사는 것은 어렵지 않았다.

원래는 낚시 전문 채널이었지만 일본은 낚시 채널이 워낙 많아서 영 수익이 좋지 않았던 곳이 있었던 것이다.

거기에다 원래 그곳은 후쿠시마 쪽을 전문으로 촬영하던 곳인데, 후쿠시마 원자력발전소 사건 이후에 수익은커녕 적자만 늘어나서 감당이 안 될 지경이었다.

노형진이 별도의 자금 지원 없이 그 빚을 감당하는 것만으로도 전 사장은 두 손 두 발 다 들고 그곳을 넘겼다. 그가 할수 있는 게 없었으니까.

일본 방송국에서 생각한 음악 관련 채널을 살 거라는 예상은 여지없이 빗나갔다.

"애초에 몇 년 후에 방송 허가가 취소될 가능성이 높은데 제가 비싼 채널을 살 필요는 없지요."

노형진은 어깨를 으쓱하며 말했다.

"그런데 전문 낚시 채널이면 사람들이 제대로 들어오지 않을 텐데요. 한류와는 전혀 상관없어 보이는데?"

"상관없습니다. 어차피 홍보도 제대로 안되고 있는데요, 뭘."

"하긴 그렇지요."

신동하는 고개를 끄덕거렸다.

당장이라도 일본 문화계가 망할 것처럼 고래고래 소리를 지르던 언론사들과 방송국들은 어느 순간을 기점으로 입을 꾹 다물었다.

"뻔하죠. 노이즈 마케팅도 안 해 주겠다는 거죠."

그들이 그렇게 나올 거라 예상하는 건 조금도 어렵지 않은 일이었다. 그 또한 그렇게 했을 테니까.

"뭐, 마음대로 하라고 하세요. 우리는 다른 계획이 있으니까."

알면서도 당할 노형진이 아니었다.

하지만 그의 계획을 모르는 신동하는 걱정을 하지 않을 수가 없었다.

"방송국을 사기는 했지만 촬영이 쉽지 않을 텐데요. 당장 허가 취소까지는 몇 년이 걸릴지 모르지만 내일 방송할 프로그램 자체도 거의 없다시피 합니다. 그렇다고 이미 시중에 풀린 인터넷 프로그램을 계속 틀어 줄 수는 없는 노릇이고요. 일단 아직 사람들이 이쪽으로 넘어오지 않은 것도 있겠지만, 더 문제가 되는 것은 출연진입니다."

노형진은 고개를 끄덕거렸다.

"아마 출연 금지령이 떨어지겠지요. 신동하 씨 측에 했던 것처럼 말입니다."

노형진의 태도는 시종일관 느긋하기 이를 데 없었다.

"당연하지요. 가장 강력한 무기가 바로 그거 아닙니까?"

눈을 찌푸리면서 말하는 신동하.

"그리고 그걸 해결할 방법이 없고요. 사실 제가 가장 곤란한 부분이 바로 그 부분 아닙니까?"

신동하가 힘없이 당해야 했던 이유. 그건 다름 아닌 출연 금지령 때문이었다.

일본 방송국에서 신동하가 키운 사람들을 막았던 것처럼, 반대로 그 미다스의 방송국에 출연한 사람들에게 불이익을 주는 것은 어려운 일이 아니었다.

"압니다. 그래서 제가 방송국을 신청한 거고요."

"방송국이 있다고 하면 뭐가 달라지는데요? 그러고 보니 그 계획이 뭔지 비밀이라면서 말씀해 주지 않으셨군요."

"워낙 큰 건이다 보니 보안이 중요해서요."

"일이 이쯤 되면 이제 공개해 주셔도 될 것 같은데요? 최소한 저한테는요."

그 말에 노형진은 고개를 끄덕거렸다.

워낙 핵심을 찌르는 작전이었기 때문에 조심하느라고 다 비밀로 했지만, 이제 작전 실행일이 코앞으로 다가왔고 여기에는 신동하의 도움이 절대적으로 필요했다.

'좀 빠르기는 하지만.'

결국 언젠가는 벌어질 일이었다.

"간단합니다. 취업이 편해지지요."

"네? 취업요? 이해가 안 가는데요?"

노형진은 신동하를 보면서 느긋하게 말했다.

"지금 저들이 가장 무서워하는 건 한류입니다. 그걸 막기 위해 사력을 다하고 있지요. 그걸 막기 위한 게 신동하 씨에 대한 공격이고요."

"그거야 익히 알지요."

"그런데 만일 한류가 본격적으로 들어온다면? 아니, 한류 자체가 미친 듯이 한국에서 몰려온다면요?"

"네?"

신동하는 이해가 가지 않았다.

지금도 한류가 몰려오는 판국이다.

그런데 한류를 어떻게 미친 듯이 몰려오게 만든단 말인가?

하지만 이어지는 노형진의 말에 신동하는 온몸에 소름이 돋았다.

"제가 방송국을 가지고 있다면 저는 자연스럽게 공연 비자를 신청할 수 있게 됩니다."

"허억!"

비자란 어떤 나라에 들어갈 때 그 나라에서 받아야 하는 허가를 뜻한다.

관광의 경우는 외부의 돈이 그 나라로 들어오는 것이다.

더군다나 관광객은 어마어마하기 때문에, 그걸 모조리 비자를 발급하려면 관련 업무를 하는 사람을 한 백 배쯤 늘려도 감당이 안 된다.

그래서 상당수의 경우 관광은 무비자 기간을 가지고 그 기간 내에는 비자 없이 관광할 수 있게 되어 있다.

하지만 해외에서 일하는 것은 이야기가 다르다.

그 나라의 돈이 해외로 빠져나가는 것이다.

특히나 공연 비자 같은 경우는 까딱 잘못하면 돈이 뭉텅이로 나갈 가능성이 높기 때문에 필히 따로 받아야 한다.

"그리고 공연 비자는 대부분 초청이 없으면 발급받기 쉽지 않지요."

"반대로 말하면 초청이 있으면 발급받을 수 있다는 소리군요, 쉽게."

지금까지 일본에서 한류는 영상으로 불어닥쳤다.

그럴 수밖에 없는 게, 일본에서 공연을 하려면 정식으로 비자를 신청해야 하는데 초청을 해 줄 사람이 없었기 때문이다.

이것이 삶이다

그냥 팬이라서 초청하는 건 안 된다.

해당 업무를 하고 어느 정도 규모가 있으며 그들을 책임질 수 있는 사람이어야 한다.

물론 이벤트 회사 같은 곳도 초청 자격은 있지만 그런 초청은 단기 초청이고, 공연을 하기 위해 그때마다 공연 계획과 무대를 만들어야 해서 들어가는 돈이 어마어마하다.

하지만 그 무대를 만들 필요가 없다면?

그다음은 일사천리다. 상설 공연이 가능하다면 그런 문제는 바로 해결된다.

"가령 방송국 같은 부류 말이지요."

"헐."

신동하는 소름이 돋았다.

사실 그에 대한 공격을 막는다고 방송국을 산다고 했을 때 반쯤은 뭔 미친 짓인가 싶었다.

아무리 방송국을 산다고 해도 그에 대한 공격이 멈출 리 없기 때문이다.

"한류의 첨병. 그게 신동하 씨의 책임이지요."

노형진은 키득거리면서 웃었다.

"원래 전쟁이라는 게 그렇지 않습니까? 첨병이 오면 그 뒤로 본대가 따라오기 마련입니다."

물론 그건 어디까지나 서사적인 표현법이지만, 노형진은 이번에 그 정도로 끝낼 생각이 없었다.

물론 법적으로 그 본대를 막기 위해 각국은 노력한다.

그러지 않으면 문화 말살로 이어지기 때문이다.

실제로 그런 일이 이루어진 곳이 있다.

과거에 몽골이 중국을 지배했지만 결국 한족의 문화에 먹혀 버렸다.

사실 과거까지 갈 필요도 없다.

당장 대만만 해도 일본 만화가 무제한으로 들어오면서 현재 대만의 만화는 완전히 말살되었다.

아마 한국도 특유의 반일 감정이 아니었다면 오래전에 일본 만화에 의해 한국 만화 시장이 박살 났을지도 모른다.

"하지만 이제는 제가 방송국을 가지게 되었으니 상황이 바뀌었지요."

방송국이 정식으로 활동하기 시작하는 순간 노형진에게는 정식으로 일본에 한국 가수들을 초청할 수 있는 권한이 생긴다.

물론 일본에서 한두 팀 정도는 거부할 수 있다.

하지만 방송국에서 신청하는 걸 통째로 거부하는 것은 불가능하다.

"더군다나 이 방송국은 미다스가 세운 거죠."

만일 그런 식으로 한다면 미다스는 대놓고 일본에 보복할 수 있는 핑계가 생긴다.

"자국 내 방송 출연 금지야 서로 알음알음 할 수 있을 테지만요."

하지만 이건 그렇게 할 수 있는 게 아니다.

모든 것은 공식적인 업무이고, 그 업무에 따라 명확한 사유 없이 한국 가수의 일본 초청을 막을 수는 없다.

"그리고 계속 그런 식으로 한다면 다른 한류 가수들과의 형평성 문제가 생기죠."

결국 모든 한국 가수들을 막아야 하는데, 일단 외교적인 문제도 그렇거니와 젊은 층의 민심이 이반된다는 것이 더 문제다.

"더군다나 일본은 중국과 다릅니다. 공식적으로는 민주주의국가를 표방하고 있지요."

중국이야 일당 독재국가이고 워낙 막무가내인 것이 알려져서 당 차원에서 기분 나빠서 막는다고 하면 다들 욕을 하면서도 어쩔 수 없다고 생각하지만, 일본은 아니다.

"그리고 미다스, 아니 마이스터는 한국 기업이 아니라 미국 기업입니다."

"그것도 이번 사태와 연관이 있나요?"

"제가 지금까지는 한류라는 목적 때문에 한국의 자금을 썼습니다. 대룡과 함께 일했지요. 그런데 왜 이번에는 마이스터를 썼을 것 같습니까?"

"글쎄요."

"일본 정부는 한국 정부에 강한 모습을 보입니다. 하지만 반대로 미국 정부에는 약한 모습을 보이지요."

"아하! 무슨 뜻인지 알겠습니다. 만일 그런 식으로 지속적으로 초청되는 가수의 입국을 막으면 소송하는 장소는 미국이 되겠군요."

"네."

만일 한국 자금을 가지고 왔다면 그 소송은 한국에서 하게 된다.

당연히 한국의 친일파가 거품을 물면서 일본 편을 들어 주려고 할 것이다.

정치인들뿐만 아니라 판사들 중에도 친일파는 어마어마하게 많다.

사람들이 잘 모를 뿐, 한국에서 암약하는 일본의 장학생들의 숫자는 터무니없을 정도로 많은 것이 현실이다.

설사 이긴다고 해도 한국의 법체계를 생각하면 그 배상금은 터무니없이 낮을 가능성이 높다.

"하지만 미국은 기본적으로 손해배상액이 높습니다."

또한 자국의 이익에 대해 아주 예민하다.

그리고 미국의 변호사들은 악착같이 싸우는 걸로도 유명하다.

"아마 드림 로펌을 통해 싸우면 국가에 대한 징벌적 손해배상도 가능할지도 모릅니다."

설사 아니라고 해도, 이기는 것은 어려운 일이 아닐 것이다.

"멋지군요."

노형진의 말에 신동하는 혀를 내둘렀다.

진짜 방법이 없다고 생각했는데 방법을 만들어 낸 것이다.

"원래 첨병은 섣불리 건드리는 거 아닙니다. 잘못 건드리면 본대가 몰려오거든요."

그리고 이제 그 본대가 상륙할 시간이었다.

본대 도착!

"이런 미친 새끼들!"

일본 방송계는 난리가 났다.

방송국을 사서 직원들을 빼내 간 것은 이해가 간다.

그래도 연예인이 출연하지 못하게 하면 알아서 망할 거라 생각했다.

그런데 생각지도 못하게 일본에 한국 가수들이 집단적으로 몰려오기 시작했다.

"막아야 합니다! 이건 심각한 문제입니다!"

"어떻게 막으란 말입니까? 우리가 막을 방법이 없어요!"

"아니, 이럴 때 쓰라고 준 뇌물 아닙니까!"

"하지만 한두 명도 아니고 수백 명입니다! 그들을 모조리 반려시키면 국제 문제가 됩니다!"

물론 무단으로 공연한 사람이거나 작은 곳에서 초청한 이
들이라면 문제가 안 된다.

적당한 핑계를 만들어서 반려하면 된다.

하지만 공식적으로는 방송국이고, 비공식적으로는 미다스
와 마이스터가 만든 회사다.

당연하게도 그들은 허가가 조금만 늦게 나와도 국제 문제
운운하면서 난리를 피운다.

당장 마이스터가 산 방송국에서는 한국에서 가수로 활동
한 경험이 조금이라도 있으면 초청하고 있다.

그렇다 보니 한국에서 성공하지 못한 가수들이 최후의 기
회라고 생각하고 모조리 달려들어 일본에 수백 팀 단위로 들
어올 판국이다.

그런데 문제는 그것만이 아니었다.

벌써 미국에서는 드림 로펌에서 고의적인 서류 누락과 처
리 지연을 이유로 소송을 준비한다는 소리까지 들려오고 있
었다.

"벌써 몇 명째지요?"

"이미 마흔 개 팀입니다. 입국 비자가 떨어진 팀만 해도요."

"이런 미친 새끼들. 우리를 아예 작살을 내려고 작정을 한
것 같습니다."

농담이 아니다.

특유의 문화 방식 때문에 일본의 아이돌이나 가수의 실력은 대부분 그다지 뛰어나지 않다.

그런데 한국의 경우 최소 중견급만 되어도 충분한 연습을 하고 와서 그 실력이 뛰어나다.

거기에다 외모 역시 한국이 훨씬 뛰어나다.

화장술에서부터 성형술, 심지어 코디까지 모든 게 한국이 압도적으로 발전해 있다 보니 한국의 가수들 중 톱클래스가 아니라 중간급만 되어도 일본 가수들이 비빌 수 있는 수준이 아니었다.

오죽하면 한국에서 인기 없는 아이돌이 일본으로 오자 아이돌이 아니라 아티스트 취급을 받을 정도였다.

일본의 아이돌 기준과 비교해서 실력 차이가 워낙 심했기 때문이다.

"우리 쇼 프로그램의 시청률이 엄청나게 떨어졌습니다."

시청률은 광고비로 돈을 받는 가장 핵심적인 부분이다.

그런데 그 시청률이 떨어졌다.

그럴 수밖에 없는 게, 노형진이 일본 방송국에서 빼 간 사람들을 통해 훨씬 뛰어난 양질의 작품을 만들어 내고 있기 때문이다.

사실 돈을 많이 들인 것은 아니다.

하지만 기존 일본 방송에서 본 적이 없는 참신한 방송이었기 때문에 사람들이 점점 그쪽으로 채널을 돌리고 있었다.

홍보를 안 해 준다고 해도 알음알음 소문이 나는 것까지 막을 수는 없었으니까.

"다른 소속사에서도 살려 달라고 연락이 왔습니다."

야심차게 데뷔하면 뭐 하나? 가요 프로에 나가면 처참하게 발리는데.

좀 독하게 말하면 아이돌의 노래 실력이 한국에서 노래방 가수 실력 수준이다 보니 1년씩 연습하는 사람들과 비교가 안 되었다.

더군다나 한국 아이돌의 특징인 군무까지 붙어 버리면 한쪽은 그냥 흐느적거리는 수준이 되어 버린다.

"우리라도 우리나라 가수들을 계속 출연시켜야 합니다!"

"물론 그래야지요. 그건 동감입니다. 하지만 그 과정에서 떨어지는 우리 시청률은 어쩔 겁니까?"

"끄응, 도대체 이해가 안 가는군요. 한국에서 수입한 프로그램이 있지 않습니까? 그런데 왜……."

이미 한국에서 수입되어서 판매된 쇼 프로그램이 있다. 그리고 가요 프로그램도 존재한다.

그때는 이런 반향이 없었다.

그런데 전문 방송 채널이 생기자 그곳으로 젊은 사람들이 쏠리고 있는 게 이해가 가지 않았다.

"저도 모르겠습니다."

머리가 굳을 대로 굳어 버린 그들은, 어쩌면 이해할 수 없을지도 모른다.

하지만 그 대상이 다르다는 것은 보는 사람에게는 전혀 다른 느낌을 준다.

한국에서 수입한 프로그램은 그 대상이 한국 사람들이다.

말하는 것도 행동도, 한국의 시청자들을 타겟으로 삼은 것이다.

하지만 일본에서 찍는 건 아니다.

그건 한국 시청자가 아니라 일본 시청자를 위한 프로그램이다.

더군다나 노형진이 초빙한 작가와 스태프는 일본 방송의 전문가들이다.

창의력을 발휘할 길은 막혀 있었다고 해도 일본 사람들이 뭘 좋아하는지 정확하게 알고 있다는 소리다.

한국 사람 취향에 맞춰서 만들어진 방송. 그건 대상이 좋아서 본다고 해도 크게 재미있지는 않다.

그저 소위 말하는 최애캐를 보기 위해 보는 거다.

하지만 일본 사람을 위해 만들어진 일본 방송, 그건 재미까지 있다.

그동안 비디오와 인터넷을 통해 이미 팬이 된 사람들이 그쪽으로 오는 건 당연한 현상이었다.

비록 그 비용이 많이 들지 않는다고 해도, 규모의 특성상 화려하지 않다고 해도, 결국 남을 위한 것과 나를 위한 것은 사람들이 다르게 느낄 수밖에 없으니까.

"출연을 막자니 방법이 없고……."

머리를 부여잡는 방송국 사람들.

하지만 그들의 악몽은 아직 끝나지 않았다.

⚖

"무료로 뿌리도록 하지요."

"무료요?"

"네, 지금까지 인터넷에 뿌려진 것 중에서 반응이 좋았던 것을 무료로 풀겠습니다."

노형진의 말에 신동하는 기겁을 했다.

반응이 좋았다는 것. 그건 나름 인기가 있었다는 소리다.

장기적으로 보면 계속 수익을 창출할 수 있다는 소리이기도 하고 말이다.

"그걸 공짜로 뿌리신다고요?"

"네."

"아니, 왜요?"

"더 많은 사람들이 오도록 하기 위해서지요."

"더 많은 사람들?"

"우리 방송국은, 예를 들자면 이제 막 시작한 식당입니다. 주변에는 운영한 지 오래된 식당이 여러 개 있는 상황이고요."

"틀린 비유는 아니네요."

"그러면 우리 음식이 맛있다는 사실을 알릴 수 있는 방법이 뭐가 있을까요?"

"맛집임을 알릴 수 있는 방법이라……. 뭔가를 맛보게 하는 것이 제일 좋겠군요."

신동하는 고개를 끄덕거렸다.

노형진의 계획이 뭔지 알아차린 것이다.

"한번 수준 높은 음식을 먹어 본 사람은 다음에 먹는 게 웬만해서는 맛없게 느껴지기 마련이지요."

"잘 아시네요?"

"제가 직접 겪어 본 일이니까요."

신동하가 돈이 없던 시절.

집안에서 쫓겨나서 도시락 두 개를 사서 몇몇이서 나눠 먹던 시절.

그 시절에 그는 하루하루 굶어 죽지 않는 게 다행이라고 생각했다.

그런데 성공하고 나서 추억의 그 도시락을 다시 먹었을 때, 그는 왜 사람들이 도시락이 아무리 잘 나와도 결국 도시락이라고 하는 건지 알았다.

물론 못 먹을 수준은 아니다.

하지만 맛있다는 개념이 들어가지 않았다.

"우리가 뿌리는 방송은 일본 방송보다 훨씬 잘 만든 거죠."

정확하게 표현하자면 그 당시 일본인이 좋아하는 트렌드를 정확하게 잡아낸, 흔치 않은 작품 중 하나였다.

그 이유는 그걸 만든 PD가 원래 방송국에서 잘나가던 사람이었기 때문이다.

다만 윗사람의 말에 따르지 않은 게 문제가 되어서 해직되었다.

"그걸 보고 나면 사람들은 관심을 가질 겁니다. 이걸 미끼 전략이라고 합니다."

"한국에서는 흔한가 보군요."

"한국에서도 흔하지요. 가령 한국에서 소설을 연재할 때 한 권 이상 무료로 풉니다."

그렇게 함으로써 사람들에게 이 소설이 이렇게 재미있다는 걸 알려 주는 것이다.

"노 변호사님은 한국 가수들이 일본에서 성공하는 이유가 뭐라고 생각하시나요?"

노형진은 어깨를 으쓱했다.

"음…… 팬에 대한 배려와 다양성? 일본은 그런 게 좀 희박해요."

문화를 소비하는 소비자들에 대한 배려. 그런 게 부족한 것이 사실이다.

정확하게 표현하자면 대상을 감사의 대상으로 보는 게 아니라 돈의 대상으로 보는 경향이 강하다.

"가령 악수회 신청권을 랜덤하게 넣는다거나 하는 거죠."

일본 특유의 문화인 악수회에 가기 위해 소비자는 신청권이 나올 때까지 같은 종류의 앨범을 사야 한다.

그래서 어떤 사람은 악수회 티켓을 위해 같은 앨범만 백 장을 사기도 했다. 심한 경우는 아예 앨범이 나오면 박스 단위로 주문하기도 한다고 한다.

문제는 상업적 방식이 그것만 있는 게 아니라는 거다.

"앨범마다 재킷을 다르게 한다거나 하는 거 말이군요."

악수회는 만나는 걸 기대하도록 만든다면 앨범 재킷은 수집 욕구를 자극한다.

문제는 이것도 랜덤이라는 거다.

그 안에 멤버별 사진이 다 따로 들어 있는데, 그건 앨범을 사서 뜯어보기 전에는 알 수가 없다.

"그런 방법은 돈이 되기는 하지만 소수에게서 이익을 뽑아내는 구조입니다."

소위 말하는 오타쿠, 그러니까 한국에서는 오덕이라고 불리는 존재에게 수익의 대부분을 기대게 된다.

'그리고 그러한 상업적 방식이 결국 한때 세계를 호령하던 일본의 문화를 아작 냈지.'

사실 한때 일본 문화는 한국에서 부러워할 정도로 세계적으로 퍼져 나갔다.

오래된 일도 아니다. 20년 전만 해도 일본은 세계적 문화

강국 중 하나였다.

애니메이션뿐만 아니라 영화나 음악까지 말이다.

일본의 가수가 해외 공연을 다니고 영화는 각종 시상식을 휩쓸었다.

하지만 다수의 사람들에게 힘들게 어필하느니 차라리 소수의 오타쿠들을 공략하는 게 더 편하다 보니 그쪽으로만 집중하는 형태로 기형적으로 발달하기 시작했고, 그 결과 지금의 일본 문화는 상당히 극단적으로 변해 버렸다.

"저도 잘 몰랐습니다만, 일본에서는 특정 가수를 좋아한다고 하면 의외로 색안경을 끼고 보더군요."

"아아…… 몇몇 특정 가수들 말이군요."

신동하는 피식 웃었다.

몇몇 특정 가수, 그러니까 오타쿠들을 노리고 만들어진 가수들.

그들은 귀여운 척을 하며 오타쿠들을 유혹하지만 범용성은 떨어지는 것이 사실이다.

"범용성이라는 면에서는 차라리 한국 애들이 훨씬 낫지요."

한국에는 이런 말이 있다.

뭘 좋아할지 몰라서 다 준비했다는 말.

그만큼 한국에서 키운 가수들은 매력이 제각각이다.

몇몇 가수들은 아예 비주얼을 포기하고 실력만으로 승부하기도 하니까.

"그들은 다른 사람들이 자연스럽게 볼 수 있으니까요."

누군가를 좋아한다고 해도 그들이 절대 창피한 대상은 아니다.

"더군다나 사람은 같은 것만 보다 보면 질리기 마련이거든요."

그런데 일본은 지난 20년간 거의 아이돌이 판을 쳤다.

물론 그건 한국도 마찬가지다.

아이돌을 빼놓고 가요계를 논할 수는 없을 정도다.

"하지만 일본과 다른 점은, 한국의 아이돌은 그래도 다양성이 있다는 거죠."

밴드에서 발라드 또는 록, 심지어 새로운 유럽의 음악 스타일까지.

많은 아이돌이 많은 방식을 시도했다.

하지만 일본은 아니다.

일본은 귀여운 척하는 방식으로 거의 고정되어 있고, 다른 방식의 가수들은 기회를 잡는 게 어렵다.

"그렇다 보니 다른 방식을 보고 싶으면 한국의 음악을 듣고 보게 되는 거죠."

그리고 그게 쌓이고 쌓여서 한류라는 것을 만들어 낸 것이다.

"그러니까 제가 봤을 때는 이걸 뿌리는 게 좋다고 생각합니다. 한국에 이런 말이 있지요. 고기를 안 먹어 본 놈은 있어도 한 번만 먹어 본 놈은 없다."

노형진은 씩 웃었다.

"일본은 고기를 먹기 시작한 지 얼마 안 되었다지요? 이제 그들의 입에 고기를 밀어 넣어 봅시다, 후후후."

"저건 또 뭐야?"

학교 앞으로 천천히 다가오는 트럭.

그걸 본 몇몇 선생님들은 기겁을 했다.

"이게 뭐 하는 거야?"

"이런 미친……."

그들이 헬쑥해지는 이유는 지난번에 저런 비슷한 트럭이 들어왔을 때 학교가 아주 발칵 뒤집어졌기 때문이다.

모 AV 촬영 회사에서 트럭을 끌고 기습적으로 들어와서 배우들이 집단 난교를 하고 갔으니까.

그때 학교에서는 기겁을 하고 경찰을 불렀지만 그들은 경찰이 오기 전에 철수했다.

정확하게는 경찰이 늦게 왔다.

이미 다 이야기가 되어 있었다는 소리다.

나중에야 그게 여학생들의 호기심을 자극해서 AV 배우를 끌어모으려고 한 야쿠자의 소행인 걸 알았지만, 일개 학교 선생님들이 야쿠자들에게 저항할 방법은 없었다.

그런데 비슷하게 생긴 트럭이 등장한 것이다.

"뭐야, 저거?"

"당장 경찰 불러! 어서!"

선생들은 다급하게 경찰을 부르고 트럭을 향해 헐레벌떡 뛰어갔다.

그러나 그 트럭의 옆면이 열렸을 때, 그들은 자신들의 생각이 잘못되었다는 걸 알 수 있었다.

"저건 뭐야?"

"게릴라 콘서트?"

"게릴라 콘서트가 뭐야?"

완벽하게 준비된 무대.

그 무대에는 조명뿐만 아니라 백댄서들까지 준비되어 있었다. 그리고 그 옆에 게릴라 콘서트라고 인쇄된 현수막.

"모두 준비되었나요!"

갑자기 들려온 사회자의 말에 여학생들은 너도나도 무대 주변으로 모여들기 시작했다.

마침 하교 시간이라 학교 앞에 여학생들이 바글바글하다 보니 학교 입구는 순식간에 하나의 공연장처럼 되었다.

그리고 곧 그 안에서 비명이 터져 나왔다.

"꺄아아아!"

"식스틴이다!"

"식스틴이야!"

"엄마! 나 어떻게 해!"

어린 세대에게는 한류가 익숙하다.

그리고 그들 중 상당수는 식스틴이라는 한국의 보이 그룹에 대해 알고 있었다.

물론 모르는 사람들도 상당수 있었다.

하지만 모른다고 해서 음악까지 모른 건 아니었다.

"저 사람들이 누구라고?"

"식스틴! 식스틴!"

"식스틴?"

자신들이 아는 일본 보이 그룹들과 아주 다른 파워풀하고 거친 춤, 그 안에서 느껴지는 정열, 그리고 절도 있는 군무까지.

사람들은 음악에 흥겨워했고 그 음악에 취했다.

주변으로 사람들이 점점 몰려들었고 그 옆으로는 커다란 플래카드가 휘날렸다.

〈학교별 랭킹전〉소린 여고-식스틴

열광하는 학생들을 보며 좀 떨어진 곳에 있던 한만우는 피우던 담배를 바닥에 비벼 껐다.

"형님, 일본에서는 그러면 깡패 취급입니다."

"우리 깡패 맞아."

"그래도 한국에서 온 깡패 아닙니까? 우리도 본을 보여야지요, 형님."

"끙, 자식. 예민하기는."

한만우는 툴툴거리면서도 결국 담배를 주워서 부하에게 내밀었다.

그러자 부하는 그걸 휴대용 재떨이에 담았다.

"그런 것까지 준비했냐?"

"일본 아닙니까, 형님. 만사 불여튼튼이라고 했습니다요, 형님."

"이 자식이 사회 물을 먹더니 미쳤네, 문자를 다 쓰고?"

"그래도 한국에서 일본 정벌 왔는데 이 정도는 준비해야 하는 거 아닙니까, 형님?"

"하긴 그건 그런데……."

한만우는 생각이 많은 듯 머리를 북북 긁었다.

"내가 깡패로 살다가 깡패로 죽을 거라 생각했지, 뭔 팔자에 없는 일본 정벌이냐?"

물론 진짜로 일본을 정복하러 온 건 아니다.

하지만 노형진은 그들을 초청 형식으로 불러왔다.

한국에서 한만우와 함께한 지역별 공연 프로그램이 크게 성공하면서 그게 얼마나 먹히는지 알았기 때문이다.

그렇게 준비된 트럭으로 각 학교별 지역별 게릴라 콘서트를 여는 것이 한만우의 일이었다.

물론 한국이었다면 정식으로 허가받아서 할 수 있겠지만 이곳은 일본이다.

허가가 나올지도 알 수가 없고, 설사 신청을 한다고 해도 일반적인 일본인들의 성격을 생각하면 그걸 허가할 가능성은 높지 않다.

일반적으로 교육 쪽에 있는 사람들은 보수적인 경우가 많기 때문에 더더욱 그럴 테고, 재수 없어서 극우라도 걸리면 시작도 하기 전에 초를 칠 테니까.

더군다나 비자의 조건이 공연 장소와 일시 등을 제출해야 하는 것이기 때문에 정상적인 경우라면 이런 건 허가가 나지 않아야 한다.

하지만 방법이 아주 없는 것은 아니다. 바로 방송이다.

방송의 경우는 공연 장소와 일시를 기재할 필요가 없다.

정확하게 말하면 촬영 프로그램 정도만 기재하면 된다.

촬영 날짜도 기재하기는 하지만, 방송이라는 특성상 고정된 무대에서 촬영할 필요는 없다.

그리고 그 허점을 파고든 것이 바로 게릴라 콘서트였다.

방송 촬영을 하지만 목표는 사실 여고생들인 셈이다.

노형진은 방송도 홍보하고 동시에 직접 공연을 하면서 본진을 제대로 털어 버릴 셈이었다.

"와! 멋지다!"

"한 번만 더! 한 곡 더 해 줘요!"

밀려든 여학생들을 해산시키지 못하고 쩔쩔매는 선생님들을 보던 한만우는 피식 웃었다.

"그나저나 이거 일본에서 두둑하게 뽑아 가겠지?"

"그렇지 않았다면 안 왔습니다, 형님."

"그래, 좀 넉넉하게 뽑아 가자. 야쿠자들이 냄새 맡고 덤비기 전에 말이야, 후후후."

하지만 사실 노형진이 지역별 랭킹전을 한국에서 일본으로 가지고 온 것에는 더 큰 목적이 있었다.

"어떻게, 같이 안 되겠습니까?"

자신에게 접근하는 사람들을 보면서 신동하는 혀를 내둘렀다.

'이것까지 예상한 건가?'

노형진이 이러한 지역별 행사의 아이디어를 얻은 것은 지역 아이돌이라는 일본 특유의 문화에서였다.

하지만 정작 일본에서 지역 아이돌은 그다지 파워가 없다.

그럴 수밖에 없는 게, 지역 아이돌 자체가 소규모에 힘없는 소속사에 속해 있거나 아니면 아예 소속사도 없이 활동하기 때문이다.

"저희도 나름 실력이 있습니다."

"……."

"저기, 신동하 상?"

"네? 아, 죄송합니다. 제가 잠시 딴생각을 하느라고요."

그들을 보면서 신동하는 머리를 흔들며 옛날 생각을 털어
냈다. 저들의 모습이 꼭 과거의 그와 같았으니까.

"그래서, 같이 무대에 올라가고 싶다고요?"

"그렇습니다."

"그건 제가 정할 일이 아닙니다. 다만 지역 아이돌을 한
팀 뽑아서 올리는 건 확정되었습니다."

"그렇다면?"

"지역 아이돌들을 대상으로 대회를 열 겁니다. 그리고 그
대회에서 뽑힌 아이돌이 저희와 함께 지역별 대회에 나갈 겁
니다. 아, 물론 그 활동비는 전부 지원될 겁니다."

어떻게 해서든 기회를 잡아 보려고 하던 매니저의 얼굴에
환한 빛이 돌았다. 그는 자기 아이들이 실력이 있다고 생각
했으니까.

어찌 되었건 전국으로 나가는 방송이다. 기회만 잡는다면
지역의 무명 아이돌이 아니라 전국의 유명 아이돌이 될 수
있을지도 모른다.

"그러면 언제 신청하면 됩니까?"

"오신 김에 신청하고 가시면 됩니다. 추후 일정은 문자로
보내 드리겠습니다."

매니저는 연신 감사하다고 인사를 건네며 돌아갔다.

그때 뒤에서 지켜보던 노형진이 그 뒷모습을 물끄러미 바

라보는 신동하에게 다가왔다.

"옛날 생각 나십니까?"

"좀…… 그러네요. 전에는 저 자리가 제 자리였는데요."

"시대는 바뀌는 거지요. 지금처럼."

"하하하…… 그렇지요. 그나저나 대담하십니다. 일본 방송
국에서 출연을 막는다면, 자체적으로 출연자를 키우겠다니."

"겸사겸사죠."

일본 방송국이 출연자를 막겠다면, 이쪽에서 새로운 출연
자를 키우면 된다.

이슈도 충분하고 실력도 충분하다.

"그리고 저희는 한국에서 온 제삼자이니까요."

만일 한국에서 온 사람들이 뜬금없이 그 지역 아이돌을 대
표하여 활동한다고 하면 분명 욕먹을 게 뻔했다.

"하지만 이렇게 하면 상황이 달라지지요."

같이 움직이고 같이 성장한다.

저들이 성장하면 이쪽도 성장한다.

당연히 실력은 이쪽이 우위에 있으니 유리한 건 이쪽이다.

"전에 했던 멘토 프로그램이랑은 좀 다르네요."

"멘토링은 결국 우리가 가르친다는 느낌이었으니까요."

확실히 멘토에 출연했던 아이돌이 실력은 좋다.

"하지만 이번에 대량으로 넘어온 아이돌은 상대적으로 실
력이 부족하니까요. 그걸 커버해야 합니다."

"그게 일본 특유의 같이 성장한다는 문화군요."

그 지역 출신이라고 하면 실력이 좀 떨어진다고 해도 그걸 가지고 뭐라고 하는 사람은 없다.

"거기서 같이 성장하면서 나오면 점점 사람들의 관심도 끌 테고요."

결과적으로 전국으로 나아갈 수 있는 기회가 될 것이다.

"방송국들이 난리가 났겠네요."

출연자만 막으면 어떻게 해서든 이길 수 있을 거라 생각했을 텐데 출연자를 키운다는 황당한 카드를 꺼내 들었으니 말이다.

"그 사장들의 얼굴이 지금 어떨지, 진짜 궁금하네요, 후후후."

노형진은 공연에 열광하고 있는 사람들을 보면서 미소를 지었다.

"본대가 들어왔으니 전쟁은 지금부터입니다."

다음 권으로 이어집니다

ROK
MEDIA
로크미디어

검사, 김서진

이해날 현대 판타지 장편소설

No방심 작가 이해날의 검사물 리턴즈!
그 검사의 목숨을 건 외줄 타기가 시작된다!

차기 검찰총장인 김영준에게 살해당하고
그의 조카 김서진으로 눈을 뜬 서준경
모처럼 엄친아 스타 검사로 잘나가나 싶었지만
빙의 전 김서진의 추락 사고 뒤에도
빙의 후 이어지는 사건 사고 뒤에도
김영준이 있었음을 깨닫는데……

살아남기 위해서는 끌어내려야 한다!
갑갑한 현실을 한 번에 날려 줄
전현직 검사의 서바이벌 라이프 大개막!

꿈의 도약, 로크에서 하십시오
(주)로크미디어에서 신인 작가를 모십니다

즐거운 세상, 로크미디어는 꿈을 사랑하고 도전을 두려워하지 않는 작가 분들의 참신한 작품을 기다리고 있습니다. 21세기 장르 문학계를 이끌어 갈 차세대 선두 주자 (주)로크미디어에서 여러분의 나래를 활짝 펴 보시길 바랍니다.

모집 분야 판타지와 무협을 포함한 장르 문학
모집 대상 아마추어 작가, 인터넷 작가
모집 기한 수시 모집

작품 접수 시 유의 사항

1. 파일명은 작가명_작품명.hwp형식을 갖춰 주십시오.
1. 파일에 들어갈 내용은 다음과 같습니다.
   − 성명(필명인 경우 실명을 밝혀 주세요), 연락처, 이메일 주소
   − 제목, 기획 의도
   − A4용지 1장 분량의 등장인물 소개
   − A4용지 2장 분량의 전체 줄거리
   − 본문
1. 작품이 인터넷에 연재되고 있다면, 게시판명과 사이트의 구체적이고 정확한 주소를 기재해 주십시오.

선택된 작품은 정식 계약 후 출판물로 간행되어 전국 서점에 유통됩니다.
작가 분은 (주)로크미디어의 전폭적인 지원하에 전속 작가로 활동하시게 됩니다.
※ 자세한 내용은 로크미디어 홈페이지(rokmedia.com)를 참조하세요.

(03920)서울시 마포구 성암로 330 DMC첨단산업센터 3층 318호
(주)로크미디어 편집부 신간 기획 담당자 앞
전화 : 02) 3273 - 5135
www.rokmedia.com   이메일 : rokmedia@empas.com

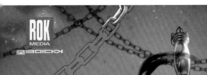

어서와 내 던전은 처음이지

한시웅 퓨전 판타지 장편소설

던전에서 나는 모든 것이 돈이 되는 세상!
건물주 위에 던전주, 복권보다 어려운 인생 역전!
……을 했는데 왜 더 힘드냐?

유전병 탓에 아버지의 투병 생활이 길어지며
생계를 위해 쉬지 않고 일하는 연호,
아버지의 부탁으로 벌초를 위해 찾은 선산에 던전이 생겼다!

-던전 주인으로 각성했습니다. 던전을 관리할 수 있습니다.

헌터로 각성까지 해 이제 떵떵거리며 살 줄 알았는데,
괴수 한 마리 없는 텅 빈 던전이라니!
괴수를 직접 잡아 와 던전에 풀라고?

성장시킬수록 더 수상해지는 던전!
평화로운(?) 던전계에 날아든 괴상한 던전주!

어서 와, 내 던전은 처음이지?

허원진 스포츠 장편소설

우리 아들은

얼궂 클래스

회귀자 아빠와 초능력자 아들
두 능력자가 모여서······ 축구?

평범한 고등학생 영신
평범한 축구 2부 리그 코치 아빠
그들의 무미건조한 일상에 들이닥친 변화

"사실 이 아버지는······ 미래에서 왔단다."
"하하, 아버지, 저는 초능력이 생겼습니다."
"뭔 개소리야?"
"네?"

미래 축구계의 데이터를 가진 아빠
골이 들어갈 위치가 보이는 아들
황소 같은 피지컬은 덤!

아빠의 경험과 아들의 능력!
환장의 부자 듀오(?)가 축구계를 들이받는다!